誰も教えてくれなかった
『源氏物語』本当の面白さ

林真理子×山本淳子

Hayashi Mariko × Yamamoto Junko

小学館
101
新書

誰も教えてくれなかった
『源氏物語』本当の面白さ◉目次

はじめに——源氏物語は実に奥深くて面白い　文・林真理子——8

序

『源氏物語』を読む前に知っておきたいこと　文・山本淳子——13

サブカルチャー「物語」から飛び出した傑作　14
作者は紫式部　16
書き写されて伝えられる　19
なぜ愛されてきたか　22
平安文化の遺産として　26
コラム　二〇〇八年は「源氏物語千年紀」です　28

第一章 『源氏物語』スター千一夜 31
恋の暴れん坊将軍・光源氏の正体 32
源氏物語の舞台裏一 プレイボーイ光源氏が愛した女たち 40
生霊セレブ六条御息所の怨念とは？ 42
源氏物語の舞台裏二 藤原道長をも虜にした圧巻の政治ドラマ 50
元祖マザコン光源氏をめぐる女たち 52
源氏物語の舞台裏三 光源氏を引き立てるライバルたちの素顔 62
明石の君をめぐる平安女性の幸福論 64
見逃せないサイドストーリー・玉鬘十帖 72
源氏物語の舞台裏四 受領階級の女に秘められた紫式部の野望とは？ 80
第二章 『源氏物語』は極上の恋愛サスペンス 83
ズバリ、光源氏は誰だったのか？ 84
源氏物語の舞台裏五 紫式部は誰のために『源氏物語』を書いたのか？ 90

謎に包まれる天才作家・紫式部の人生 92
源氏物語の舞台裏六　永遠のライバル、紫式部と清少納言 100
長編『源氏物語』はどこから書かれたのか？ 102
源氏物語の舞台裏七　『源氏物語』は本当に紫式部が書いたのか？ 110
心かカラダか？　現代人にも通じるリアリズム 112

第三章　平安時代の男と女

なんと年収四億円！　光源氏のセレブライフ 120
源氏物語の舞台裏八　雲上人「上流貴族」VS平安のヒルズ族「受領」 124
見た目は二の次、三の次？　平安美人の条件とは？ 126
源氏物語の舞台裏九　平安貴族の恋愛と結婚 132
源氏の姫君たちは三途の川を渡れたのか？ 134
平安の姫君たちもゴシップやスキャンダルにおびえていた⁉ 139
源氏物語の舞台裏十　優美な寝殿造りの住み心地はいかに？ 148

第四章

『源氏物語』はなぜ千年間読み続けられたのか？ 151

『源氏物語』を読むなら原文？　現代語訳？ 152

源氏物語の舞台裏十一　鎌倉時代や江戸時代の人たちも『源氏物語』に熱狂したのか？ 158

なぜ『源氏物語』は千年も生き続けたのか？ 160

源氏物語の舞台裏十二　一流作家たちはなぜ『源氏物語』の訳に心血を注いできたのか？ 166

結論、『源氏物語』はなぜこんなに面白いのか？ 168

源氏物語の舞台裏十三　尽くす女に、プライドの高い女…『源氏物語』の女君たちは現代女性の心の縮図 178

あとがきに代えて——ほんとうにあった『源氏物語』　文・山本淳子 181

はじめに❖ 源氏物語は実に奥深くて面白い

文・林真理子

源氏物語を訳しませんか、というお話をいただいたのは今年のことである。千年紀に合わせてどうしても二〇〇八年に出版したいとのこと。

「とんでもない」

と即座にお断りした。源氏物語は、谷崎潤一郎、与謝野晶子といった歴史にのこるような文豪をはじめ、最近では円地文子先生、瀬戸内寂聴先生といったやはり大作家といわれる人たちが手がけるものだ。円地先生など、源氏訳のために目を悪くされたとも聞いている。私のような知識で出来るはずはない。

ところが千住博さんが絵を手がけると聞いて心が動いた。他の作家に絶対やらせたくなくなったのである。

編集者は言う。三年半かけて勉強しながら連載をしてください。完全な訳というのではなく、林さん風に源氏を書いてみてくださいという有難いお申し出である。ということで見切り発車したものの、この年齢でそうみっともないことも出来ない。今までの訳を適当にアレンジして、現代風の小説にするというのは、最も避けたいことだ。やるべきからには原文をじっくり読み、いちから勉強したいという私に、編集者が最適な方を見つけてくださった。

山本淳子先生は、今最も注目されている紫式部の研究者であるが、ご自分も平安の時代から抜け出てきたような楚々とした可愛らしい方だ。何を質問しても打てば響くような答えが返ってくる。しかし平安の性生活について突っ込んだことをお聞きすると、

「そういうことは資料にはありませんの」

と顔を赤らめる。その風情もとても好ましくて、私たちは「源氏の伝道師」とお呼びしているのだ。

私たちのやりとりを聞いて、編集者がぜひ本にしたいと言った。今までこんな質問をした人はいなかっただろうと、私はおかしな具合に誉められた。が、私は先生のレクチャーを受け、

「どうして顔も見たことがない女を熱烈に愛せるのか」

というういちばん大きな謎を解くことが出来たのである。専門家の方はご存知ないだろうが、現代の読者はまずこのハードルをとび越えることが出来ないのだ。そして山本先生のおっとりとした口調で語られる源氏の解説を聞き、原文を目で追っていくと、そんなことはどうでもよくなってくる。一千年前に男と女がいて愛し合った。そしてこんなすごい小説が生まれた。それで充分ではないかと思うのだ。

さてこの本を読む方は、私の幼稚な質問に驚くことであろう。これでよく源氏を手がけようなどと思うと呆れる人もいるだろう。が、これは現代の恋愛を書く小説家の質問と思っていただきたい。ここからスタートしても、源氏は実に奥深く面白いのだ。

序

『源氏物語』を読む前に知っておきたいこと

文・山本淳子

サブカルチャー「物語」から飛び出した傑作

『源氏物語』は、タイトル通り「物語」というジャンルに属する作品である。だが、その中の別格でもある。

平安時代、「物語」はいわゆる女子どもの暇つぶしのための娯楽とされていた。格式高いとされたのは漢詩や和歌。物語はずっと格下の、大衆向けエンターテインメントだった。現代で言えば漫画やアニメ、ゲームがこれにあたるだろう。人の心をとらえ没頭させる吸引力、いっぽうあまり夢中になると親から注意される点も同じだ。ところが『源氏物語』は、そうしたサブカルチャーの中から突如として現われ、即座に傑作の名を得て、女性はもちろん天皇や男性貴族にまで読まれるに至った。そのうえ、『源氏物語』より後に書かれた物語はすべてこの作品の影響を受けていると言っても過言ではないので、たった一作で「物語」を抜け出し、ジャンル全体の歴史を塗り替えた記念碑的作品ということができる。

その理由は何よりも、従来の物語になかった「リアリズム」という点にある。物語は文字通り語って聞かせる形をとる。その始まりは「今は昔」。つまり「むかしむかしある所に……」だ。これによって、読者（聞き手）は現実の世界とは別のどこかに連れて行かれる。そこでは普通にはあり得ない事件が起こりうる。例えば竹の節の中から女の子が現われ、三ヶ月で大人になって、やがて月の世界に飛んでゆく。または、継母《ままはは》から虐待を受けていた姫君の前に突然情熱的な恋人が現われ、彼女をかっさらって逃げてくれる。楽しいが、これらは起こりえない夢、ファンタジーだ。

だが『源氏物語』は、始まりの一節からして違っている。「いづれの御時《おんとき》にか（どの帝の時代だったか）」。「平成だったか昭和だったか」と記すような、現実の事柄を記す書き方だ。読者が連れて行かれるのは別世界ではない。少し前にあった現実の世界なのだ。

『源氏物語』の巻々は最初に書かれた時は現在の順ではなく、冒頭の「桐壺《きりつぼ》」巻は後で付けられたとする説がある。だがもしそうだとしても、『源氏物語』の内容が荒唐《こうとう》無稽《むけい》のファンタジーでないことは、どの巻からも言えることだ。紫式部は「物語」の中に現実を描くことを当初から目指した。そして「桐壺」巻を最初において長編の体裁を整えた時に、改めてその姿勢を明らかにしたといえる。

作者は紫式部

『源氏物語』の作者は紫式部。これを私たちは当然の常識と思っている。そしてまた、これは確かに事実だ。だが、この事実が事実として伝えられていることは、実は驚くべきことなのだ。『竹取物語』の作者は誰だろう。『伊勢物語』はどうか。高校の教科書に載るような作品でも、みな作者の名は不明だ。「物語」とはもともとそういうジャンルなのだ。

理由はおそらくその格の低さ、もう一つは語られるというあり方だ。子どもに童話を読み聞かせる時、作品にない言葉を入れて演じたり、主人公の名前を聞き手の名前に置き換えて読んだりという演出をした記憶のある方は多いだろう。読み聞かせることは、自然にパフォーマンスになり、アドリブを生んで、もとの本を離れる。著作権などなかった時代、「物語」は本来そうした味わい方を前提にして、つまり原作が変えられることを当たり前のこととして伝えられたのだ。

だが紫式部は『源氏物語』が自分の作品であることにこだわった。そこで、中宮《ちゅうぐう》彰《しょう》子《し》の女房としての回想録『紫式部日記』の中にそのことを書き留めた。

左衛門《さえもん》の督《かみ》「あなかしこ。このわたりに若紫《わかむらさき》や候ふ」と窺《うかが》ひ給ふ。源氏にかかるべき人も見え給はぬに、かの上はまいてものし給はむと、聞きゐたり。

（『紫式部日記』寛弘五（1008）年十一月一日）

（左衛門の督の藤原公任《ふじわらのきんとう》様が「失礼。この辺りに若紫さんはお控えかな」と覗かれる。光源氏に似ていそうな方もお見えでないのに、ましてあのヒロインがいらっしゃるものですかと、私は聞き流した。）

彰子が産んだ親王の、誕生五十日の大パーティーでの一場面、当時の政府閣僚にあたる公卿で、漢詩や和歌といった文化の世界の第一人者でもある藤原公任から声をかけられたと、紫式部は書いている。そこには彼が口にした「若紫」という『源氏物語』のヒロインの名、さらに自分の心内の言葉として、『源氏』というタイトルもしっかり書きとどめている。紫式部は、この作品に強い自負を持っていた。だからこそ作者不明などにはしておけず、胸を張って「私の源氏物語」と主張したのだ。この記録がなかったら『源氏物語』も他の物語同様、作者不明となっていたに違いない。
『紫式部日記』の中には、他にも『源氏物語』に触れた箇所がいくつかある。

うちの上の、源氏の物語、人に読ませ給ひつつ聞し召しけるに「この人は日本紀をこそ読み給ふべけれ。まことに才あるべし」とのたまはせけるを
（『同』消息体部分）
（一条天皇は『源氏物語』を女房に読ませてお聞きになりながら「この作者には日本書紀をご講義頂かなくてはならないね。実に漢文の才能がありそうだ」とおっしゃった。）

源氏の物語、御前にあるを、殿のご覧じて、例のすずろ言ども出で来たるついでに、梅の下に敷かれたる紙に書かせ給へる。
すきものと名にし立てれば見る人の折らで過ぐるはあらじとぞ思ふ

（『同』年次不明記事）

（道長様は彰子様の膝元の『源氏物語』をご覧になって、いつもの冗談などおっしゃるついでに、梅の下に敷かれていた紙を取ってお書きになった。
梅は酸っぱくておいしいと人気だから、折らずに通り過ぎる者はいまい。ところで、『源氏物語』を書いたお前は「好き者」と評判だぞ。口説かずに通り過ぎる男はおるまいな？）

このように、紫式部が『源氏物語』の読者と記すのは、藤原公任、一条天皇、その后の彰子、彰子の父で政界の最高権力者藤原道長と、全員が当時の宮廷のトップセレブだ。

書き写されて伝えられる

平安時代、日本には既に印刷技術が存在していた。だが印刷よりは手書きの写しの方が貴重とされ、文芸作品は一つ一つが書き写されて伝えられた。現代でも絵画では、印刷された複製画と画家によって描かれた一点とでは価値に大きな差がある。それと同様に、文芸作品の写本は本自体が宝物だったのだ。だが、現在伝えられている『源氏物語』の写本はもっとも古いもので鎌倉時代。平安時代のものはない。紫式部が書いた原作の一本は、いったいどこにいってしまったのだろうか。またそれは、今後発見されるのだろうか。

実は『紫式部日記』の中には、彰子の命で『源氏物語』の新本が作られた時、その原稿が流出してしまったことが記されている。紫式部が自宅から運んで局に隠し置いていたのだが、道長が忍び込み、探し当てて次女の東宮妃《とうぐうひ》・妍子《けんし》に与えてしまった。だがそれは書き換え前の下原稿だった。では完成原稿はというと、彰子の新本を制作する作業の中で、散り散りになってしまっている。新本は高価な紙に能筆が書く豪華本だった。複数の書き手に書き写しを依頼した際、紫式部の完成原稿はその人たちの手元に送られたまま、結局返って来なかった。紫式部の手元には無くなってしまったのだ。

とはいえ彰子と天皇のもとには、紫式部納得の本が残った。だがそのいっぽう、次女妍子のもとには違う本が残り、伝えられることになった。これについて紫式部は「不本意な評判をとったことでございましょうね」と口惜しげに記す。この記事からは、世に伝えられた『源氏物語』には、紫式部の時点ですでに、彰子の本のもとになった完成版と、盗まれて流出した下原稿版の二種類があったことが知られる。

これらはその後各々書き写されて広まっていったと推測される。が「物語」では書き写しの際にも、言葉が書き換えられたり書き手の感想が書き込まれたりということが日常茶飯事だった。当然『源氏物語』も同じ目に遭い、紫式部から二百年を経た鎌倉時代には、「紫式部の書いた源氏物語」という原形はもうわからなくなっていた。残念だが「物語」という扱いの壁は越えられなかったということだ。とはいえ『源氏物語』はまだいいほうで、他の物語の中には結末が変わったり全くの新作に書き換えられたりしたものが幾つもある。現存の『源氏物語』には、写本による決定的な違いはない。表現の細部は違っても、やはり光源氏は光源氏だし、恋のエピソードも女たちの人生の描き方にも大差はない。『源氏物語』は、書き写しの際にもそれなりに尊重され続けてきたと見てよいだろう。

紫式部の書いた『源氏物語』が見たい。それはもっともだ。だがそれは、紫式部自身にもできなくなってしまったことなのだ。現在の研究は、より古い『源氏物語』の写本を探そうとするとともに、それぞれの時代、それぞれの場で読まれてきたそれぞれの『源氏物語』を大切にしようという、多様な視点を持ちつつある。

なぜ愛されてきたか

『源氏物語』は紫式部が自宅で執筆したのが始まりで、その後物語好きの友人に貸したところから世に広まったと考えられている。これをきっかけにして紫式部がスカウトされ彰子の女房になったと考えられるからだ。したがって、当初の読者は紫式部はじめ女性たち、それもいわゆる専業主婦層だった。だが宮仕え後も執筆は続けられ、読者はどんどん増えて行く。前に記したように、『紫式部日記』によれば天皇や公卿たちまでこの物語を読んでいた。『源氏物語』はなぜこのように人気を博したのだろうか。またどうしてその人気が衰えることなく、千年も伝えられてきたのだろう。それは、多様な読者のニーズにそれぞれ応えるところを持っていたからだ。

『源氏物語』の最初の読者である女性たちは、従来の子ども騙《だま》し的な「物語」に不満を抱き始めていた。物語は所詮作り話にすぎないというのだ。そうした女たちが求めていたのは、空想の中の男が救ってくれるわけではないこの現実、生身の自分たちが抱える現実を写し取る作品だった。『源氏物語』から三十年ほど前に、身を挺するようにしてそんな作品を書いたのが藤原道綱母《ふじわらのみちつなのはは》だ。彼女は自分の二十年にわたる結婚生活の喜びと苦しみを、手記『蜻蛉《かげろう》日記』として世に出した。ちなみに彼女は姉妹が紫式部の祖父の兄と結婚しているので、紫式部の遠縁にあたる。

『源氏物語』は、こうした女たちの思いを十分に考慮して作られている。それは誰よりも紫式部自身が、貧乏な子持ちの未亡人というやりきれない現実を抱えていたからに違いない。生まれた家によって将来がほぼ見通せる身分社会。その中で父や夫の庇護《ひご》を失った女性の苦労、いっぽうで父や夫に翻弄される女性の苦労、或いは順調に人生を達成しているかに見えて、陰で涙を流し続けている女性の苦労。そうした幾つもの真実を、『源氏物語』はくみ上げてストーリーにしている。もちろん女性ばかりではない。世間の矢面に立つ男たちにもそれぞれの苦労がある。『源氏物語』は、現実の人間社会を映したリアリズム物語として広く人々の心をつかんだのだ。

だが、この物語に別の面白みを感じた人々も多くいた。例えば「主人公光源氏の華麗なる恋の物語」という読み方だ。前に記した藤原道長をはじめ、現代でも『源氏物語』というと第一に持たれているイメージはといえばこれだろう。確かに『源氏物語』には心のひりつくような幾つもの恋が描かれて、読み応えがある。

いっぽう、一条天皇のようにこの物語に知的な興味を抱いた人物もいた。例えば冒頭の「桐壺」巻、天皇が一人の后妃を溺愛《できあい》したという設定は即座に中国の史実、玄宗皇帝《げんそうこうてい》と楊貴妃《ようきひ》の悲恋を連想させる。そう思って読むと、やがて文面に「楊貴妃の例も…」の一言。勘付いていた読者は「やっぱり」とうなずく。あるいはまた、和歌や物語が隠されていることもある。「若紫」の巻、十歳の少女若紫を前に祖母と乳母が歌を詠む。そこで少女は、それぞれ「若草」「初草」と呼ばれる。「待って！　女の子を若草と初草と呼ぶのは、確か『伊勢物語』のどこかにあったわ。それは兄が妹に恋する話だったわよね。ということは、この女の子はこれから兄に恋されるの？」そう思いながら読み進むと、やがて彼女は光源氏に引き取られ、妹のように慈《いつく》しまれたのち、彼の妻になる。

信じられないほど博識の作者が、自分の持つ知識をフルに盛り込み、ストーリーや表現を重厚に作り上げている。自分も知識を持った読者たちが、知と知で会話するように物語を楽しむ。この楽しみ方は文芸には伝統的にあったものだが、『源氏物語』ほど多くの知が盛り込まれた、その意味でスリリングな物語はない。

また、平安時代の政治を描いた一種の歴史小説として『源氏物語』を読むことも可能だ。光源氏は「源」の姓を与えられ、皇族から離れる。本来ならその時点で彼が臣下の道を歩むことは決定しているのだが、『源氏物語』には高麗《こま》の人相見《にんそうみ》が登場し「臣下では終わらない」とほのめかす。ここで思い当たるのが、いったん臣籍に下りながらのちに天皇に至った実在の人物、宇多《うだ》天皇だ。光源氏の破格の出世も、実はしっかり史実に拠っているのだ。そうかと思えば、後宮への入内や中宮の座争いなど、紫式部のまさに同時代に藤原道長ら貴族たちがくりひろげていたいわゆる摂関政治が、物語の背景で生々しく展開する。

『源氏物語』にはこのように、歴史的事実に立脚した政治小説として読む楽しみもあった。ちなみに中世には、現実の政治を説明するときに『源氏物語』の例が引き合いに出されてさえいる。事実と虚構の境目が紛れるほどリアルな作品、それが『源氏物語』だ。

平安文化の遺産として

こうした『源氏物語』自身に発する理由の一方で、『源氏物語』が千年伝えられるには、別の外的な事情もあった。それは『源氏物語』が書かれた一条天皇の時代が、振り返ってみれば平安時代の文化の頂点であったということだ。現在私たちはそれを「国風《こくふう》文化」と呼び、雅や風流という表現でイメージする。その基盤には、後宮を舞台として后たちが華麗に競い合う、摂関政治というシステムがあった。だが紫式部が仕えた彰子の生きている間に、摂関政治の世は終わりを告げた。藤原氏は祖先の栄光の遺産として、彰子や一条天皇にまつわるエピソードやその時代の産物を崇《あが》めるようになる。

もちろん天皇家も、宮廷文化が活写された『源氏物語』を自分たちの拠って立つ所として尊重したが、やがて彼らにも冬の時代がやってくる。源平の合戦の時代、戦乱・遷都・災害で平安京はすっかりすたれた。また鎌倉幕府の成立により、政治的立場も揺らいだ。そんな中で、平安の面影を燦然と留める『源氏物語』はますます貴重な存在となっていった。公家たちは、和歌、蹴鞠《けまり》、音楽など芸事に自分たちの家の生き残りをかけ、それぞれに『源氏物語』をよりどころにした。つまり『源氏物語』は、皮肉にも華やかな宮廷政治が消え、雅な平安京がなくなったからこそ、公家文化の記念碑的な宝となったのだ。

現代のような『源氏物語』の楽しみ方が現われたのは江戸時代からだ。それまでの希少な写本や口伝に象徴される「選ばれた少数の文化継承者」でなく、庶民が『源氏物語』読者として現われた。「写本は手に入らない！」なら安価な印刷本、「手っ取り早く！」ならダイジェスト版、「もっと楽しみたい！」なら浮世絵に。大衆のパワーは遠い王朝文化への憧れとあいまって『源氏物語』を娯楽の玉手箱とした。そしてその流れは今も続いている。

とりあえずは漫画や現代語訳で楽しんでほしい。そして胸がキュンとしたりしみじみしたりするのを感じられるようになれば、もうりっぱな『源氏物語』読者だ。原文を手に取るのはそれからでもいい。その際のお勧めは、お気に入りの場面を声に出して読んでみることだ。一条天皇のように朗読を聞くのもいい。光源氏が、若紫が、文章の中から立ち上がってくるだろう。どうぞお楽しみあれ。『源氏物語』は、いつでもあなたを待っている。

コラム

二〇〇八年は「源氏物語千年紀」です

『源氏物語』の作者であるとされる紫式部の回顧録『紫式部日記』に、初めて『源氏物語』に関する記述が見えるのが一〇〇八年の記事。二〇〇八年はそれからちょうど千年にあたることから、「源氏物語千年紀」とされました。

千年経ってもなお私たちの心をとらえて放さない『源氏物語』は、帝の御子《みこ》、日本のドンファンこと光源氏がいずれ劣らぬ魅力的な女性たちと、純愛、不倫、略奪、そして、禁断の恋を繰りひろげます。そこにはありとあらゆる愛の形が描かれ、日本の恋愛小説史上最高の作品の名をほしいままにしています。

ですがこの評価ですら『源氏物語』が持つ魅力の一面を語るにすぎません。なぜなら『源氏物語』は、帝四代、七〇年にわたる歴史小説であり、光源氏と藤原氏をめぐる政治サスペンスであり、六条御息所《ろくじょうのみやすどころ》が躍如するオカルトミステリーでもある、つまり小説が持つおもしろさすべてを詰め込んだ物語なのです。だからこそ『源氏物語』は、千年という時の試練を超え、今もなお世界最高の小説と呼ばれるのです。

この四〇〇字詰め原稿用紙に換算すると約二三〇〇枚、登場人物のべ四百数十人にもなるという壮大な物語は全部で五四帖（巻）からなっています。そして、五四帖は、大きく三部に分けられます。1「桐壺」から33「藤裏葉《ふじのうらば》」までが、光源氏の誕生と栄光を描く第一部。34「若菜上《わかな》」から41「幻《まぼろし》」までが、中年光源氏の憂いと老いを描いた第二部。そして42「匂兵部卿《におうひょうぶきょう》」から54「夢浮橋《ゆめのうきはし》」までが、光源氏の死後、宇治を舞台とする「宇治十帖《うじじゅうじょう》」を中心とする第三部です。ですが、長い歴史の間に無くなった帖や後に付け加えられた帖があるともいわれ、依然その全貌は謎に包まれています。

また、『源氏物語』はこの一帖それぞれが一話完結の短編小説であり、それが集まって長大な物語を構成しています。ですから『源氏物語』に挑戦するにあたっては、「一帖から！」と気負うことなく、気に入った帖からスタートするのもよいでしょう。

ちなみに「空蟬《うつせみ》」「夕顔」など、「源氏名」としてよく耳にする優雅な女性の名前や帖のタイトルは、実は紫式部がつけたものではなく、物語に登場する言葉や歌から、後世の人々によってつけられたものであるということは意外と知られていません。

第一章

『源氏物語』スター千一夜

恋の暴れん坊将軍・光源氏の正体

壮麗な長編小説『源氏物語』の魅力を支えているのは、光り輝くばかりの登場人物たち。中でも一番の人気は高貴な生まれのイケメン、光源氏を置いてほかにいないでしょう。美貌と知性で女性遍歴を繰り返す、魅力的な彼の存在を抜きにしてこの物語を語ることはできません。光源氏は一般的に知られるようなただの色好みであったのか、それとも……。おふたりの対談はまず、この主人公像から始まります。

林真理子（以下、林）　実は私は、光源氏という人はしょっちゅう女の人をひっかけて遊んでいただけで、あまり魅力的な主人公だとは思っていませんでした。

山本淳子（以下、山本）　確かに現代の感覚では、そういう感じ方にもなりますよね。光源氏には「恋の暴れん坊将軍」みたいな傾向があって、その点がヨーロッパやアメリカの研究者の方には受け入れがたいとうかがったことがあります。

林　はじめのほうの、空蟬《うつせみ》に対する光源氏の態度はちょっと傲慢《ごうまん》。現代の女性に好意をもたれない感じがします。それも相手は人妻。紫式部はなぜ、読者に嫌悪感をもたせるような女性関係をオープニングに設定したのでしょうね。

山本　なぜでしょうね。私にもわかりません。

林　朧月夜《おぼろづきよ》が初めて登場するところも、ちょっと引いてしまいます。彼女は歩いているところをいきなり光源氏に引っ張り込まれるのですから。そうされた身になってみると、冗談ではないと思いますよね。

山本　あのとき、光源氏は「まろは、みな人に許されたれば、召し寄せたりとも、なんでふことかあらむ。ただ忍びてこそ」と言いますね。あれは殺し文句。聞いた朧月夜は「この君（光源氏）なりけり」と気付いて許してしまう。ですからレイプではなくて合意の上だったのです。光源氏は超人的な恋愛能力の持ち主ですね。

林　「私は人に止められることのない身分だから、人を呼んでも無駄だよ」ですか。それは、この時代には身分が高貴であるということが成功の頂点であるという、人生観を踏まえているわけですね。だけど、当時の女性たちにとって、夜、廊下を歩いていると光源氏のような素敵な人にぐいっと引っ張られ、性的な関係を結ぶという出来事は、ときめくようなことだったのでしょうか。

山本　そうですね。非現実的な夢としては、そうした憧れはあったのではないでしょうか。光源氏は天皇の子で、誰にも左右されることのない立場にありましたからね。物語史上の色好みには『伊勢物語』の在原業平《ありわらのなりひら》がいました。業平は地位はそう高くはありませんでしたが、平城《へいぜい》天皇を祖父、阿保《あぼ》親王を父に持つ高貴な血筋です。『伊勢物語』では、清和《せいわ》天皇に入内《じゅだい》の決まった藤原高子《たかいこ》と駆け落ちして失敗、その後彼女は清和天皇と結婚する。こうした『伊勢物語』が愛読されていた時代に『源氏物語』は書かれているのですから、光源氏の行動について抵抗や嫌悪を感じる人はいなかったと思います。

林　光源氏の傲慢さの源にあるものはいったいなんでしょう。単なるラブ・アフェアとして読んでいると、そこに込められている大きな意味を見過ごしてしまうような気がして。

山本　光源氏は光と呼ばれていますけれど、心の中には闇がある。とても皮肉な呼び名なのです。光源氏は早くに母親を亡くし、周りの人にも次々に死に別れていますよね。また、天皇の子として兄弟九人いる中で自分だけが「源氏」つまり臣下《しんか》とされる。天皇は彼を守るために源氏にしたのですが、なぜ自分だけという気持ちはぬぐえないでしょう。さらに、本当に好きだった藤壺とは絶対に結ばれない。そんなブラックホールのような心の闇を抱えた光源氏は、それを解消するためにいろいろな恋をするのです。

林　それが光源氏の恋愛の行動原理としてあったのですね。

山本　でも彼は、一度かかわった女性を見捨てない。これは評価されています。

林　恋愛以外のことがあまり書かれていないから、「恋の暴れん坊将軍」がクローズアップされ、政治的なことが出てくるのは明石に流されるときだけ。光源氏は内裏《だいり》で、いったいどのような政治的発言をしたのか、いかなる手腕で国を治めているのか、一切表現されていないから。

山本　何もしていないようですけれど、光源氏は実は政治を積極的に執《と》っているのです。『源氏物語』に書かれている政治の様相は、実際の摂関政治に重なっているという歴史研究者もいるほどですから。

林　その観点をもって読むと、もっとおもしろく感じられるでしょうね。

山本　『源氏物語』研究者には光源氏誕生前史をテーマとされている方がいて、「桐壺」の巻以前にどのような政治的変化があったのかを想定しています。

林　「桐壺」の前に大きな政変があったのですか。そうすると『源氏物語』は女を犯したり口説いたりするだけの話ではなく、政治サスペンスの要素もあるのですね。

山本　いわば、〝ロマンチック・サスペンス・サクセス・ストーリー〟ですね。

林　光源氏が育ったのは宮中ですか？

山本　母の桐壺更衣《きりつぼのこうい》の里帰り先で生まれ、母が亡くなる三歳まで宮中で育てられます。その後は母の里の二条院で祖母と一緒に過ごし、六歳で祖母が亡くなってから、父である桐壺帝に引き取られ、母が生前住んでいた桐壺に入ります。

林　六歳から女房の手で育てられるわけですね。私が、紫式部をすごいと感じるのは、「夕顔」の巻。六条御息所《ろくじょうのみやすどころ》と迎えた朝の光源氏の様子を書いた、「ねぶたげなる気色《けしき》に、うち嘆きつつ出でたまふを」のところです。当時一七歳の青年がまだ眠たいと言っているけれど、六条御息所が出立《しゅったつ》を促している。

山本　霧がかかった朝の出来事ですね。目覚めた光源氏が、ぴちぴちの若い男の子だというのがよく表れているシーンですね。

林　「ねぶたげなる気色」という言葉だけで、一七歳の姿態《したい》や若さがわかります。それをぐったりとしたまま見送る年上の女、六条御息所。このシーンはフランス映画のようです。それから時を経て「玉鬘《たまかずら》」の巻になると、すっかりオヤジくさくなっているのです。

山本　さらに「若菜」の巻では自分の妻・女三の宮を寝取った柏木《かしわぎ》を相手に、いやな面を露呈します。

林　ここで源氏に同情すべきは、柏木と女三の宮の密通を誰にも漏らさなかったこと。秘密を守り通すあたりは立派だと思いました。

山本　光源氏にもプライドがありますからね。

林　そして、柏木のことをねちねちといびり倒す。

山本　あのときの光源氏は四七歳、もう明確に老いを意識しています。

林　今なら、まだこれからという盛りの年齢ですけれど。

山本　光源氏は朱雀院《すざくいん》の五〇歳の賀のパーティーを計画して、そのリハーサルに柏木を呼びつけて楽や舞の助言を乞《こ》い、その後の宴会で、「私ももう年だから」などと言いながら柏木にからみ始める。

林　オヤジをとおり越して、おじいさんっぽいですね、これ。

山本　嫌な感じですよね。

林　それまでの、前半の光源氏がもっていた天真爛漫《てんしんらんまん》さ、スカッとしたような美しさを知っている私たちにとってはつらいシーンです。

山本　十代だった「帚木《ははきぎ》」のころの光源氏は、宴席で酔っ払って、「酒の肴に女が出てくるのではないのか？」などと楽しげに催馬楽《さいばら》を歌っていた。催馬楽は当時の人が宴会などでよく歌っていた歌で、もともとは民謡ですから庶民的な内容が多い。この曲はちょっとエッチな内容なのですが、背伸びした感じが、いかにも若いセレブな男の子の酔い方。

林　そうですね。本当に違ってきていますね。

山本　催馬楽を歌った一七歳が、四〇年たつと、「年には負けるよね」となる。

林　一七歳のときは、「かわいい女の子いるじゃん？」という感じなのに。

山本　それだけ確かに成長しているのですけれど。

林　受領《ずりょう》階級の娘みたいな女にとって、一番カッコいいと男に感じるのは、女を抱き上げて、そこで「自分はとがめられる身分じゃないよ」と言って強引に情事に及ぶところだというのが、だんだんわかってきました。そういう若い男の傲慢さというのは、中流の女にとってすごく魅力的に映りますよね。私たち作家は男をいかにカッコよく書くかということで本当に苦心していますから、見事に設定し表現した紫式部のうまさには感服します。紫式部は単に筆の流れにまかせて書いていたのではなくて、光源氏はもちろん、女性のキャラクターも、時代背景とそれぞれの家の重みや因縁《いんねん》みたいなものを必ず設定していますからね。その上でそれぞれを書き分けているのには脱帽します。

一 源氏物語の舞台裏

プレイボーイ光源氏が愛した女たち

希代のプレイボーイ光源氏は『源氏物語』の中で、左図に登場する女性たちと次々と関わっていきます。しかも下は十歳（若紫、後の紫の上）から上は五〇代（源典侍＝古参女房）、豊満な女性（朧月夜）から痩せぎすの女性（空蟬）、そして絶世の美女（多数）から赤鼻の不美人（末摘花）までというストライクゾーンの広さ！ まさに平安のドンファンの面目躍如です。

光源氏の女性遍歴ばかりがクローズアップされる感のある『源氏物語』ですが、そればかりに目を奪われていると、本当のおもしろさに気づきません。この物語において特筆すべきは、いずれも生き生きと描かれた女性たちの姿。まるで紫式部はこの女性たちを描きたいために光源氏を登場させたのではないかと錯覚しそうです。

「『源氏物語』の主役は光源氏ではない」という人もいるほど、それぞれに魅力的な女性像。この物語が千年もの間、女性たちから熱狂をもって愛された理由が垣間見えます。

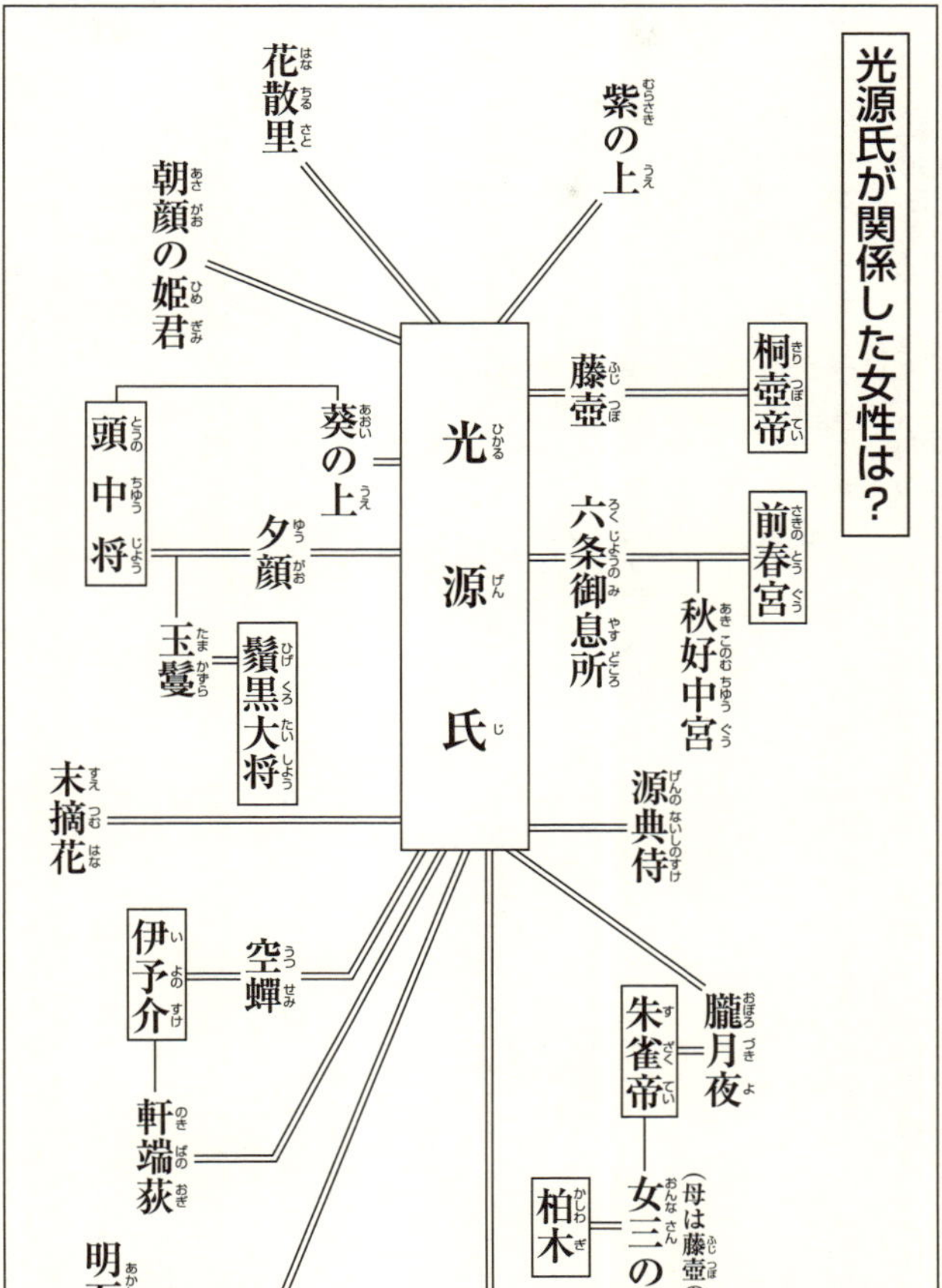

『源氏物語』の中で、光源氏と関係があった女性と、その関係者を示しています。四角囲みは男性を表しています。

生霊セレブ六条御息所の怨念とは？

『源氏物語』に描かれる綺羅星《きらぼし》のごとき女君たちの中でも、独特な存在感を示しているのが六条御息所です。六条御息所は東宮《とうぐう》（皇太子）と結婚し一児をもうけた高貴な女性でしたが、夫を亡くしてから運命が狂ってしまいます。それを決定的にしたのが、光源氏です。若き恋人をもったことから、六条御息所は悩み、生霊となるのです。

林　『源氏物語』の中でも、私がハイライトだと思うのが、六条御息所の話です。彼女は光源氏との関係において、年下の男にうつつを抜かして捨てられそうな自分を客観視していて、いつも世間の目を気にしていますね。

山本　そのような、高貴で知性的な美人が生霊となって祟《たた》るのですから、恐ろしさはなおさらですね。

林　六条御息所の夫は政変に遭っていたのですよね。

山本　政変があったと考えられるのは、先帝から桐壺帝になるときです。先帝は皇室のどこに位置するのかは古来わからないところですが、おそらく桐壺帝は若くして位につき、その実弟で皇太子だったのが六条御息所の元夫である「前坊《さきのぼう》」と呼ばれる人です。不運にも亡くなってしまったのですが。

林　しかし、六条御息所という人は美しくて才気にあふれていて、遠く離れたフランスの宮廷文学に多いパターンですね。

山本　「夕顔」の巻で六条御息所が初めて登場するシーンは本当に象徴的だと思います。彼女は実によく自分の身分と立場をわきまえていて、まさにそのフランス貴族のようなふるまいでした。

林　そうですね。そのときの描写がまた見事ですよね。

山本　光源氏と一夜を過ごした後、光源氏は眠そうな顔をしてぐずぐずしている。そのとき、光源氏に「急いでお帰りください」と言うのが御息所。彼女は世間の目で自分たちの関係を見ていて、本当は一緒にいたいけれども、世間体を考えて寝ぼけ眼の光源氏を急かしている。光源氏は、やれやれといって出て行く。すると女房が気を利かせて、彼女が寝ている御帳台《みちょうだい》の中と、光源氏が立ち去っていく後ろ姿とを隔てている几帳をはずすのです。「お見送りなさいませ」と。六条御息所は頭だけもたげて光源氏を見やったというのですが、いかにもぐったりした寝乱れ姿という感じで、艶麗《えんれい》ですね。

林　それから、年上の貴婦人と若い男性との恋が複雑にからみ合って、心理劇となっていく。これは、永遠のテーマかもしれません。こういう関係では、最初は男が積極的なのですが、最後は女が捨てられることが多いですよね。

山本　力関係が微妙に変わっていくからでしょうね。

林　六条御息所は生霊となりますが、あれは光源氏の被害妄想によるものではないかと書いてある専門書がありました。悪いことが起こると、源氏はすべて六条御息所のせいにしている。いくら御息所でも、そんなに長く祟っていられるわけがない。それは彼の被害妄想が生んだのではないかという説でした。

山本　生霊とも読め、しかし被害妄想ともとれる。確かに『源氏物語』では、光源氏の名前のように、重要なことはたいがい、いくつかの意味をもっています。ここでも、単純に「これ」と決めつけられないのです。

林　それだけ深い部分が隠されているということですね。

山本　「夕顔」の巻でも、生霊が六条御息所であったかどうかは書かれていないので、実はわからない。ただ、直前に光源氏の気持ちが六条御息所から離れつつあり、別れることを匂わせている。それで、「私をさしおいてこんな女を」と生霊が言えば、声の主は六条御息所だろうと多くの読者は察する。けれど、誰の発言かは実ははっきりとは書かれていないのです。

林　そうですね。すべては状況から読み手が想像していたに過ぎない。

山本　読者にそう考えさせるのが紫式部の作劇法なのです。その真骨頂が「葵《あおい》」の巻ですね。死ぬ前の葵の上は六条御息所との「車争い」でひと悶着《もんちゃく》あります。その後、葵の上は、あんなことがあったからさぞ御息所に憎まれているだろうと思いつつ、出産前で体が弱っていく。周りの人はいろいろと噂をし、光源氏は否定しつつも六条御息所の性格だからさもありなんと追い込まれていく。当の六条御息所は、葵の上につかみかかったりひきずりまわしたりしている妄想を夢に見る。夢から覚めると、髪には物《もの》の怪《け》調伏《ちょうぶく》の際に焚く護摩《ごま》の芥子《けし》の匂いがしみついている。そして出産直前のシーン、葵の上は苦しみのために形相が変わり、光源氏はそれを六条御息所の生霊だと思ってしまう。

林　読む側をも巻き込んだ心理劇ですね。

山本　光源氏が心理的にそう思いこんでいるだけではないかという見方もできれば、六条御息所の髪の毛に芥子の匂いがしみついていたから物的証拠があると思う人もいる。それは、読んだ人が考えればいいことです。

林　出産で苦しんでいる葵の上に六条御息所が乗りうつるところは、葵の上がもっている気持ちと六条御息所のそれが重なっているように私には感じられるのです。葵の上が抱いてきた光源氏に対する憎しみのようなものと、愛人である六条御息所が抱く憎しみが共鳴し合って、生霊という形になったのではないかと思うのです。

山本　おもしろい読み方ですね。そういうこともあるかもしれません。葵の上が出産する前、ふたりが葵祭で敵対する車争いのシーンがあるから、読者は六条御息所が葵の上に復讐しているように受け取ってしまう。でも、葵の上は正妻でありながら、感情的な部分では光源氏に虐《しいた》げられてきたわけですから、夫に対する恨みがあった。

林　千年前だからといって、自然に生霊に取りつかれただけではないはずです。そこにはもっと深いものがあって、妻の恨みと愛人の憎しみという部分が共鳴し、生霊が登場した。そのときに見せた六条御息所の鬼の形相というのは、葵の上がもともともっていた心情と一致するのかもしれない。

山本　葵の上と六条御息所はともにセレブの出身で、プライドが高い。しかも自己主張が強くて彼を手こずらせる点も似ている。年上というところも共通しますし、光源氏の中でふたりが重なっていることがあるかもしれません。恥ずかしながら、私が授業で使っている「あなたはどの女君？」という『源氏物語』性格診断テスト（179ページ）を思い出しました。

林　それ、おもしろそうですね。

山本　質問にイエス、ノーで答えていくと、最後は紫の上や藤壺といった女君のタイプに行き着くようになっています。葵の上と六条御息所は最後の質問まで一緒。最後の質問の「男性が年下でもいいか」で、我慢できないのが葵の上タイプで、イエスだと六条御息所タイプになります。このテストは作者のキャラクターづくりを説明するためにつくったものですから、同じキャラクターだと思われるのもよくわかります。

林　そういえば、生霊というものはそれまでないものであったとか。これは紫式部が創造したものですか。

山本　当時、魂が体から出ていくという表現が比喩としてありました。たとえば、歌人の和泉式部《いずみしきぶ》が男に忘れられて、京都の貴船《きふね》神社で悲しみのままに歌った、「もの思へば沢の蛍もわが身よりあくがれ出づる魂《たま》かとぞ見る（沢に蛍が飛んでいる。思い悩む私の目には、それが私の心からさまよい出た魂のように映った）」という歌。つまり、魂が浮遊するという表現に共通の了解があった。それを利用して、紫式部は六条御息所という生霊を生み出したのです。

林　当時の人にとって生霊というものは普通に受け入れられたのでしょうか。

山本　生霊は当時の歴史資料には書かれていません。人は死んでからスーパーパワーをもつもので、生きている間は恨みをためるだけ。一番有名なのが平安初期の早良《さわら》親王です。この人は政治的な陰謀に巻き込まれて淡路島に流される途中、自分の意志で食を絶って餓死し、怨霊になる。菅原道真《すがわらのみちざね》も冤罪《えんざい》のような形で太宰府に二年間送られ、その間に嘆きをため込んで亡くなりました。その分、強力なパワーをもった天神様としてこの世に舞い戻り、内裏に雷を落とした。というか、生きている側の人がそう思って恐れたのですね。死んではじめて人間はそのような力をもつという認識はありましたが、生きながらにしてスーパーパワーをもつ生霊は紫式部の筆力の賜物《たまもの》ですね。

林　生霊を創造したのはすごいと思うのですが、死後三〇年近くもさまよい続けるというのはちょっと無理があるような気がしませんか？

山本　葵の上を殺したのが、源氏二二歳のころ。この時点から、六条御息所は生きながらにして生霊となっています。

林　生霊としてずっと光源氏にまとわりつき、最後に女三の宮が出家したときに、「私がやってやった」と言うまでの間、ずっと。

山本　そのときに源氏が四八歳なので、足かけ二七年間祟《たた》り続けたことになりますね。生霊で七年、死霊で二〇年ですね。

林　そんな六条御息所も、最後には救済されたと思いたいですね。

藤原道長をも虜にした圧巻の政治ドラマ

平安時代の政治においてもっとも強大な権力を持っていた人物は帝です。その帝と光源氏の関係から『源氏物語』を読むと、物語が持つ政治ドラマの側面が見えてきます。帝の子であり、才に秀でた光源氏は、本来であれば帝の地位をねらえるポジションにいました。ですが、母親であった桐壺更衣になんの後ろ盾もなかったことから、貴族へと下ることになります。このエピソードからは、いくら天皇の子で有能でも実力者の後見がなければ皇位を継げないという、平安時代の政治の矛盾が浮かび上がってきます。

ですが、物語はこれで終わりません。実力者右大臣家との抗争などを経て、やがて光源氏は政治の世界で力をつけていきます。そして極めつきは、自分の娘を天皇の元に嫁がせ、その娘が男の子を産んだこと。このことによって光源氏は並び立つものがいないほどの巨大な権力を手にするのです。平安時代の政治まで背景にした『源氏物語』は、その圧倒的なリアリティで時の権力者藤原道長までも虜にした話はあまりにも有名です。

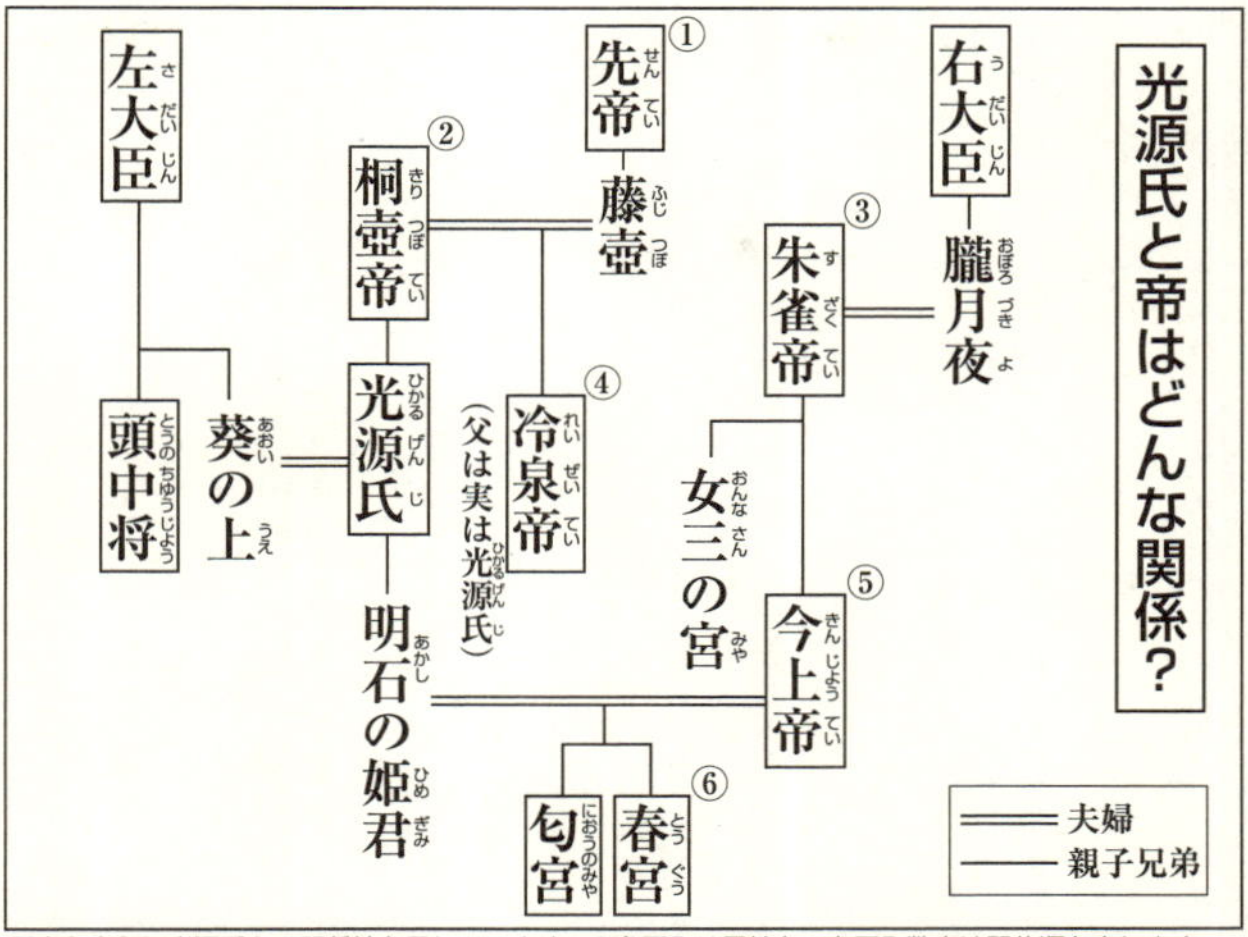

天皇を中心に光源氏との関係性を示しています。四角囲みは男性を、丸囲み数字は即位順を表します。

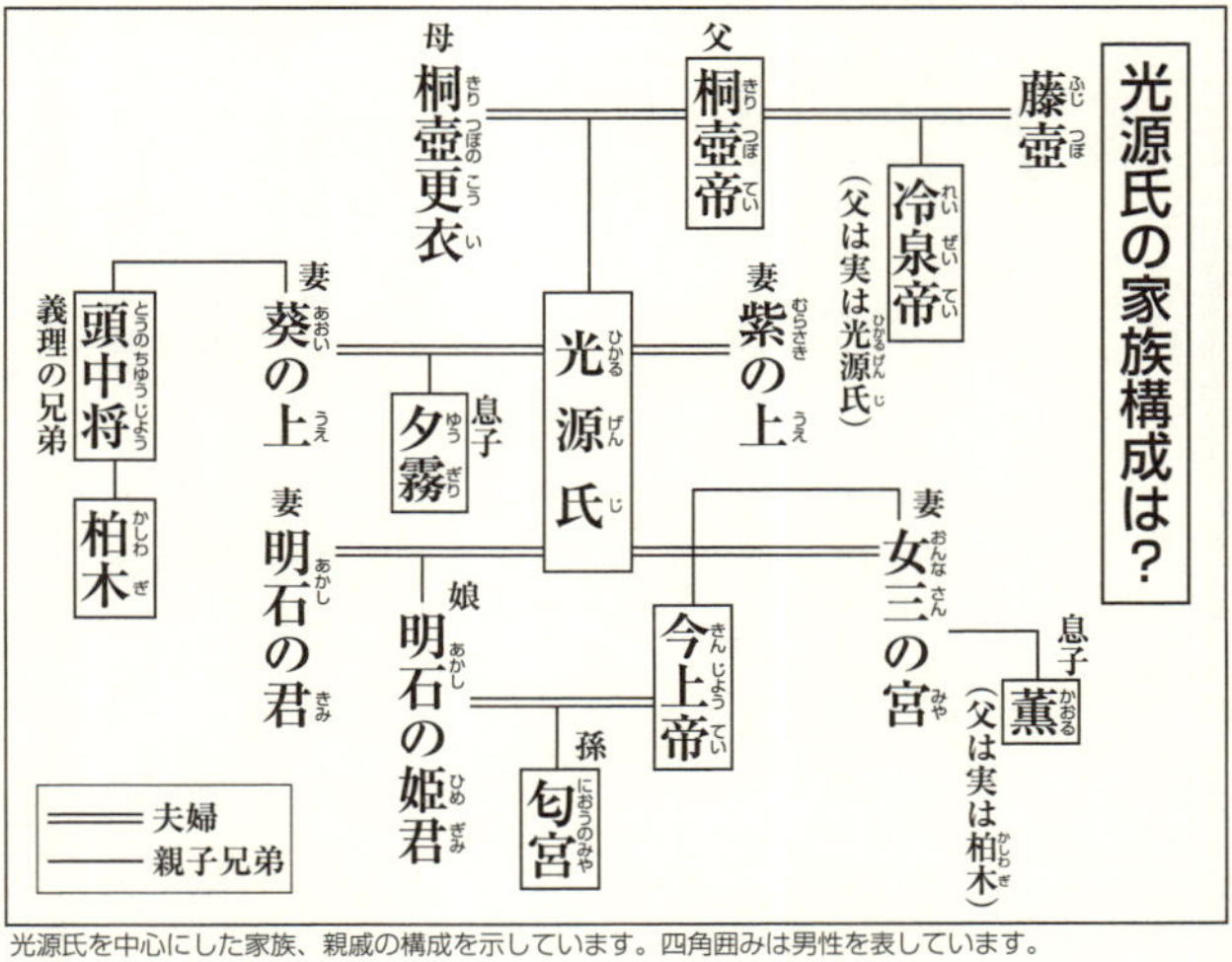

光源氏を中心にした家族、親戚の構成を示しています。四角囲みは男性を表しています。

元祖マザコン光源氏をめぐる女たち

光源氏の母・桐壺更衣は、桐壺帝の寵愛《ちょうあい》を一身に受け、それが元で妬《ねた》まれ、いじめられます。そんな心労からか、桐壺更衣は光源氏が三歳のときに亡くなります。光源氏は母の愛を知ることなく育ち、それから彼はその面影を追い続ける。このトラウマが『源氏物語』と光源氏を語るときのひとつのキーワードなのです。マザコン光源氏に関しての、おふたりの深読みはますます進みます。

林　私は以前、冒頭に「いづれの御時にか女御更衣《にょうごこうい》あまたさぶらひたまひける中に」で、桐壺更衣はそこにいて当然なのだと思っていました。ですが、大納言《だいなごん》の娘で更衣という身分を考えると、宮中のそんなところにいたらいじめられるに決まっている。それなのに、どうしてそこにいたのかという疑問が生じますね。

山本　だいたい、大納言であった父親が亡くなってから入内することからして、おかしな順序ですから。

林　桐壺更衣のお母さんが、本人の希望を叶えさせてほしいというのが亡き父親の遺言だといっている。ということは、本人の意思で入内したわけですよね。

山本　彼女の入内を父が切望していて、死ぬ前にくれぐれも言い残していった。本人もそれを拒まず、入内した。研究者が言うように、物語には書かれていないものの、この巻以前に政変があって、そのために桐壺更衣の父は強い執念を遺して亡くなったのかもしれません。

林　「桐壺」の前に大きな政変があったと考えると、桐壺更衣がまったく違うニュアンスになります。政変で家が没落して入内とは、最初からすごく深い意味が行間にあるのですね。そして、桐壺更衣と桐壺帝は苦しいほどまでの恋をして、ふたりで革命を起こしていくような感じがしてきます。

山本　桐壺帝は東宮時代に右大臣の娘の弘徽殿《こきでん》女御と結婚していて、そのために右大臣勢力は政治に介入し、桐壺帝は口ごたえできない状況でした。ところが、桐壺更衣と深い関係になると、右大臣家に対して背を向けるようなそぶりを見せるようになる。政治的に深読みすると、桐壺帝が独り立ちをしたいという意志を示し始めたととれます。そんな目論見《もくろみ》はなかったにしても、右大臣側はそのような雰囲気を抱いた。陰に陽にそういった政治的ニュアンスがあったであろうことは察しがつきますね。

林　その後、光源氏が生まれて、高麗人《こまびと》の観相を秘密に行ったことが公になるわけですが、それは桐壺帝が意図的にエピソードをつくり、国を治めさせてはいけないと言われているから、そのような野心がないことを示したとは考えられないでしょうか。

山本　以前から「倭相《やまとそう》」という方法で桐壺帝は人相を見ることができたと、「桐壺」の巻にあります。光の顔を見ながら、「この子を後ろ盾もない親王にするのは気がかりだ。重鎮として天皇を補佐するのが合う顔相だ」と判じつつも、跡継ぎの可能性を残すかどうか、光源氏かわいさゆえに迷いに迷う。結局、自分の背中を押してもらうために、高麗人に見てもらうわけです。たくさんの兄弟の中で光だけが源氏へと臣籍降下されたのは、光が天皇になることはないと内外にはっきり示したということで間違いないと思います。

では、光源氏はどのように成長していくのか。亡き母に生き写しと言われる桐壺帝の新しい后・藤壺への恋から、密通をして不義の子をもうけ、さらに紫の上へと続いていくマザコン光源氏の恋について、おふたりの話は進んでいきます。

林　光源氏は藤壺と密かな関係をもっていますけれど、帝の后と密通するだなんて、それこそ大変なことですよね。

山本　行動自体はそうですが、帝の后あるいは妻になる人を奪うというのは、色好みで有名な『伊勢物語』に先例がありますから、紫式部が大それた話をつくり上げたわけではないのです。

林　でも、その部分が発表されたときは、読んでいる人たちからどよめきが起こるような、センセーショナルな受け取られ方をしたのではないですか?

山本　そうかもしれませんね。ただ、ストーリーでなく描写ということで言えば、『源氏物語』にはいわゆる濡れ場は皆無で、肝心な部分は書かれていないのです。たとえば空蝉と関係したときも、空蝉がなよなよと抵抗し、やがて夜が明けた場面では光源氏を恨んで泣いているから、何かがあったのだろうと推測するだけ。密通の場面も、光源氏が藤壺のもとに忍び込んで彼女を口説く場面の後、すぐに夜明けになります。そこで一夜の夢の契《ちぎ》りの歌を詠むので、その時点で読者が「ああ、そういうことなのね」と察知してどよめいたということはあったと思いますが。

林　藤壺との関係は、光源氏がいくつのころだと山本さんはお考えになりますか。

山本　今申し上げた「若紫」での密通場面では光源氏は一八歳です。が、密通はこの時が二度目だったのですよね。藤壺の内心として「前に一度会ったことが悪夢のようで」と書いてありますから。一度目はいつでしょう。一二歳のときに葵の上と結婚していて、「帚木」の巻で活躍し始めるのが一七歳のとき。そのときにはすでに六条御息所とも関係がありました。でも藤壺のことはいつも恋い慕っていて。

林　光源氏は藤壺に思いこがれていても、御簾《みす》の中に入ることができなかったのですよね。藤壺が手の届かない人になってしまったのは、光源氏が何歳のときですか?

山本　元服すると御簾には入れなくなります。

林　光源氏の元服は一二歳ですから、それまでは入れたのですね。数えで一二歳は、満ではまだ一〇歳か一一歳の少年ですから、早くから相当色気があったのですね。

山本　普通元服は一四、五歳でするものですから、一二歳は早いですね。元服の時期は本人の成長というより、政治状況や周囲の思惑によるところが大です。

林　後に紫の上となる若紫と出会ったのは、藤壺との密通よりも前？

山本　光が一八歳の春ですよね。若紫をひと目見た瞬間に藤壺の面影を見て取った。そして、涙を流して、こんな子を近くに置きたいと思った。あの涙から憶測すると、これ以前に最初の密通があったということでしょうね。それでやがて引き取って、藤壺の身代わりとして育てていく。

林　源氏の目を通して見た紫の上は、「今日は昨日より増して美しくいつも新鮮だ」などと、完全無欠な女性として書かれています。

山本　妻となってからもそうですが、妹のように養われているときも、本当にかわいい。光源氏は正妻の葵の上とぎくしゃくしたときにも、末摘花ショックを受けたときにも無邪気な若紫のおかげで心が癒されたと書かれていますね。

林　「葵」の巻の、「朝方女君がなかなか出てこない」という件《くだり》のときに、紫の上はいわゆる女にされたわけですよね。

山本　はい。紫の上はそのとき一四歳。八つ年上の光源氏が二二歳。葵の上が赤ちゃんを産んで亡くなった後、光源氏は紫の上と新枕《にいまくら》を交わして妻としています。

林　紫の上は光源氏のことを信頼していたのに、そんな相手から、思いもよらない仕打ちを受けたわけですね。

山本　あのシーンは女性から見ると心が痛みますね。

林　源氏は毎晩、添い寝しながら少しずつ気持ちを解きほぐしていきました。おじさんの年齢だったらそういうこともできるでしょうが、光はまだ二二歳ですよ。その前に、一八歳の男の子が一〇歳の女の子を自分好みにしていずれは……、なんてことは思わないですよね。目の前のことしか考えない年ごろだから。

山本　でも、よく言われるように光源氏が幼女趣味だったとかいうことはありません。妻にしたのは彼女が一人前の女性になってからですし、養っていた理由はあくまでも藤壺。見染めたのも、藤壺に似ていたからこそです。また強引に自分の二条院に連れて来て住まわせたのも、藤壺との二度目の密通で彼女が懐妊し、罪の意識から光源氏を完全に拒否し始めるということを受けてです。藤壺との乖離《かいり》を埋め合わせるように「紫のゆかり」、藤壺の姪の若紫を育てた。そんな意味では彼も、その年ごろのご多分に漏れず目の前の思いにとらわれていたと言えるかも……。やがて葵の上が死んだことで彼は紫の上との男女関係に踏み切り正妻格として紫の上が登場する。しかし、やはり略奪めいた最初の経緯がひっかかって、妻としての紫の上は精神的な不安定さを抱えてドラマが進行する。新枕以降は、紫式部は常に紫の上が主人公となるように配慮して物語をつくっているようです。

林　紫式部はどの女性に一番愛情をもって書いていると思われますか？

山本　若紫は紫の上となり、若いころの輝きを失っていきますが、私は紫式部がそこにこそ愛情を込めて書いているように感じます。最初は眉も整えてない野生児であったのに、光源氏という男性の庇護《ひご》を受け、でもだからこそいろいろな男女のあり方を考えさせられて、傷つきもし、最後は「女ほどままならず哀れな存在はない」と嘆いて死ぬ。しかし、彼女の人生が敗北だったかというと、そうではない。彼女の死によって光源氏はボロボロになりますからね。もしかしたら、彼女は命をかけて光源氏を脱俗と出家に導く存在だったのかもしれません。

林　ある作家の方が、生き生きした少女がやがて心の内を明かさない冷めた女性になっていくのを見ていると、紫の上ぐらいかわいそうな人はいないと言っていました。ですが、当時のことを考えれば、彼女は幸せですよ。

山本　そうですね。式部卿宮《しきぶきょうのみや》の日蔭の子だったのが、源氏の妻になり、大切にされる。一〇歳で引き取られ、一四歳で結婚して四三歳で死ぬまで三〇年、妻として晴れがましいこともたくさんあったわけですから。最後は光源氏に看取られて亡くなったのですし、何がその人にとって幸せと感じられるのかということですね。

光源氏を引き立てるライバルたちの素顔

「『源氏物語』に登場する男たちの中で、光源氏以外にひとり挙げるとするなら?」

この問に対する答えで圧倒的多数を占めるのは、光源氏のライバル「頭中将《とうのちゅうじょう》」ではないでしょうか。

大和和紀さん作の人気漫画『あさきゆめみし』(講談社刊)で、なぜか金髪に描かれたこの貴公子は、光源氏の妻、葵《あおい》の上《うえ》の兄にあたります。本来であれば、左大臣家の長男という家柄といい、男っぷりといい光源氏にひけをとらない存在のはずでした。本人も光源氏をライバル視し、何かにつけて光源氏と張り合いますが、いつも負けてしまいます。年を取ってからは、大きく光源氏に水をあけられ、しかも息子の柏木《かしわぎ》を亡くすなど不遇を嘆く姿が哀愁を誘います。

そしてもうひとり強烈な存在感を放つ男性といえば「鬚黒《ひげくろ》の大将」。なにしろ名前が鬚黒というくらいですから、野性味溢れた外見が想像されます。大将という地位からわかるように、政治的にはかなり有望な男であることは間違いありません。この髭黒、心の病で伏せっている正妻がありながら、光源氏の養女である玉鬘《たまかずら》を半ば無理矢理ものにしてしまうという無軌道ぶりからも目が離せません。

このふたりにくらべて、ややインパクトに欠けるのが光源氏の息子、夕霧《ゆうぎり》です。まじめで頭は良いのですが、父親にくらべると女性のあしらい方がこれでもかというくらい不器用で泣かせます。そのくせ、光源氏と同じく、父親の妻である紫の上に恋心を抱いてしまうというのですから、なんともやるせない存在です。

そして、光源氏の死後、孫の世代を描いた「宇治十帖」で主役をはるのが、薫《かおる》（実は柏木の息子）と匂宮《におうのみや》（今上帝の子）です。どこか厭世的《えんせいてき》な薫と情熱的な匂宮という対照的なふたりの男は、浮舟《うきふね》というひとりの女性をめぐって激しい争いを繰りひろげます。

さまざまな男性が登場する『源氏物語』ですが、個性豊かな女性陣にくらべるといまひとつ華やかさに欠ける感は否めません。どうやら紫式部は、これらの男性陣には「光源氏の引き立て役」という役どころだけを与えたと言えそうです。

明石の君をめぐる平安女性の幸福論

身分や階級が厳密に分かれていた『源氏物語』の時代に、貴族の中でも中・下流、しかも地方勤務が主な受領階級がありました。受領の娘、つまり中流の女性は、源氏にとって上流の娘にはない気安さがあるのか、ラブ・アフェアの相手としてたびたび登場します。中でも最終的に地位を昇りつめ、幸せをつかんだと思われるのが明石の君でした。

林　源氏の女君を見ていると、現代の女性がシンパシーを感じるのは六条御息所ですよね。紫の上は優等生っぽくて、明石の君を好きだという人もいるけれど、受領階級出身で一流ではない。

山本　『源氏物語』には、明石の君と六条御息所が似ていると何度も書かれますね。そこから、明石一族と御息所一族には関係があって、親戚ではないかと憶測する研究者もいます。

林　それで似ていると示唆《しさ》しているのですね。しかし、明石の君の屈折の仕方というのは非常におもしろいですね。

山本　彼女は常に卑下していますね。

林　明石の君が好きだという人が多いのは、出自は悪くても、自分の身の処し方を知っていて慎ましいと感じるからでしょうね。

山本　林さんは、明石の君についていかがお感じになりますか。

林　私は現代の価値観で見てしまうせいか、つまらないと思います。父親の明石入道は都からひとり落ちてきて、新しい価値観をもっているのかと思ったら、最終目的は皇孫《こうそん》をつくることだった。明石の君に対して、都の貴族社会なんてくだらないから、ここで好きなように暮らせというのかと思っていたのに、いくら夢のお告げがあったといっても、明石入道もその程度の男だったと落胆しました。それから、明石の君にはよくわからないところがある。お利口さんだけど、プライドが高いところとのバランスがうまく取れていない。女性にとっては最も敵に回したくないタイプかもしれません。ほら、元旦に画策して光源氏を紫の上のところに行かせないようにするところがありましたよね。

山本　「初音《はつね》」の巻ですね。

林　すごく慎ましやかで遠慮しているようだけれども、結局いいとこ取り（笑）。

山本　受領階級の娘ですから、光源氏の階級に比べればずっと身分が低くて、庶民的とも言えるイメージなのに、会ってみたら本人は気位が高い。六条御息所に似ているといわれる所以《ゆえん》でしょう。それにしても、明石の君の話はバラエティに富んでいます。実は父親は光源氏の母、桐壺更衣のいとこ。もともとは大臣の息子で、かつては自分も都で活躍していたのが、なぜか望んで受領になり、それも辞めてしまった。そしてお家再興のために彼女を気位高く育てたという、政治＋ホームドラマ。また、龍神主や住吉明神や「夢のお告げ」が重要な役割を果たす辺りはファンタジー。明石の君が子どもを産むと今度は母子ものの話になり、光源氏の子どもを産みながら日陰者のつらさを感じ、やがては子どもと引き離されるドラマにもなる。身分の低い明石の君が育てては娘も品格が落ちてしまうことになり政治の道具に使えないから、光源氏は紫の上に育てさせるのですね。そのシーン、まだ二つの娘が車に乗る別れ際に、明石の君は御簾のところまで抱っこして出る。普段は慎み深く部屋の奥にしかいない女性なのに。牛車に入れてやると、娘は「お母さんもお乗りなさいな」と母の袖を引く。

林　まさに、涙を誘うところですね。

山本　娘は紫の上に引き取られ、明石の君もやがて同じ六条院で暮らすのですが、娘と常に一緒にいることはできない。「初音」では久しぶりに娘から手紙が来て喜んでいる明石の君を見た光源氏がかわいそうに思って、今回はここに泊まるよと言うのでしたね。

林　その辺がなんだか、自然ならいいのだけれど、策略のようなものが透けて見える（笑）。紫の上が最もライバル視していたのが明石の君ですよね。子どもを産んだこともあるのでしょうが、ものすごく意識していますね。

山本　そうですね。

林　明石の君は、なんというのか〝恋愛遊泳術〟に長けている感じ。

山本　そして、最終的には最も幸せになる。彼女が産んだ娘が後々、天皇家に嫁いで子どもをどんどん産んで、息子たちを順番に天皇にしていく。「匂兵部卿《におうひょうぶきょう》」の巻では光源氏の死後、孫の親王たちを世話して老後を過ごしている彼女に触れて、終わってみれば光源氏の権勢は明石一族のためにあったのだとまで書かれていますからね。そこに、受領階級だった紫式部のひとつの願望が入っているという人もいます。

林　ああ、なるほど。

山本　一種のあり得る願望の実現として。

林　明石の君と空蟬のふたりは、中流の娘として、表裏一体の存在になっているのではないですか？

山本　そうだと思います。空蟬は光源氏を理性によって自らの人生から拒否する。反対に、明石の君は父の願いを受け入れ、人生が変わる。明石の君はシンデレラになり、空蟬はならない。しかし、シンデレラになった明石の君も、その後はそれなりに苦労があった。

林　『更級日記《さらしな》』で、「髪が長くなり美人になったら、すごくすてきな人を通わせて」と少女が夢見るところがありますが、あれは当時の、どの女性を夢見ていたのでしょう？

山本　夕顔と、浮舟ですね。身のほど意識というのでしょうか。受領階級の憧れは、手の届く身分の登場人物だったのですね。

林　受領階級の少女たちは、美人になって男の人に愛されて、それも身分がかけ離れた人に。めったに来られないけれども、待つということが夢なのですか。

山本　そのようですね。

林　一緒に暮らすことはできないのでしょう？

山本　当時の結婚は「通い婚」と言われていましたが、最初は通い婚でもやがては夫婦で一軒の家を構えたようです。でもそうできるのは正妻だけです。受領の娘が貴公子の正妻になろうと夢見ても、それは、階級が違いますからね。一緒に暮らしたいなら、可能性の高いのはやはり受領階級でしょう。でも幻想としてはそれよりも、セレブで、ときどき来てくれる人を、心ときめかせながら待ち続けるほうがいい。

林　いつも一緒にいてくれる自分と同程度の男よりも、ときどき通ってきてくれる、自分よりもずっとハイグレードな男のほうがいいのですね。

山本　恋に恋している状態から、結婚という現実問題になると変わるのでしょうが。『更級日記』の作者も現実には堅実な生き方をしました。同じ受領階級のまじめな男性と結婚して、子供を産んで、時々はお寺に「物詣で」に出かけて。浮舟は少女時代のロマンだったのですね。

林　浮舟より何ランクも上をいったのが明石の君ですよね。とんでもない田舎に住んでいた受領階級だったのに、最後は天皇のおばあちゃんになるわけでしょう。すごい話ですよ。

山本　あのアクロバット的な成功を実現させるために、紫式部は住吉大明神のような神がかり的な要素を盛り込み、さらに、桐壺更衣と明石入道が実はいとこだったというお家再興物語を持ち出したりしないといけなかった。

林　そこまで手を替え品を替えしてまとめあげた巻なのですね。当時の受領階級の人たちにとって、明石の君に対する憧れはあったのでしょうか。あまりにも現実とかけ離れすぎていて、想像の域を超えていたのでは？

山本　確かにそうですね。『更級日記』の菅原孝標女《すがわらのたかすえのむすめ》が明石の君に現実的な憧れを抱けなかったというのは、おそらくそれだけ世の中の状況が閉塞《へいそく》的だったからです。たとえ藤原氏でも、先がある人とない人とがはっきり分かれていたから、夢を見られる時代ではなくなっていたという時代背景がありました。

林　心ばえといい品といい教養といい申し分のない明石の君ですが、光源氏はどこか見下しているようなところがありますね。生まれが惜しいとか、育ちが惜しいとか言って。

山本　六条御息所と似た奥ゆかしい態度などをとると、「そこまでしなくても、どうせお前は受領の生まれだろう」と思っていたし。

林　作家の立場から申しますと、自分に似た立場の女のことを悪く書くというのは、ある種の快感があるのです。一緒にしては申し訳ないのですが、紫式部もそうだったのではないでしょうか。

見逃せないサイドストーリー・玉鬘十帖

主人公のイケメン光源氏も、年とともにちょい悪な時代を迎え、そのイメージが変化していきます。それが描かれるのが玉鬘十帖《たまかずらじゅうじょう》。光源氏がどのようにしておじさん化してゆくのか、おふたりの話ははずみます。

山本　出身階級はいいけれど、たまたま育ちがよくなかった娘として登場するのが玉鬘です。彼女は最終的には太政《だじょう》大臣にまでなった頭中将の娘で、頭中将《とうのちゅうじょう》の母親は天皇の妹、その夫は左大臣という超セレブな血が父方から流れこんでいます。亡くなった母親の夕顔も、実は公卿の娘で悪い出身ではない。玉鬘はドラマで言えば「たまたま親とはぐれてしばらく施設で育てられていた」というような設定になっています。

林　『小公女』みたいに、一時期はちょっと悪かったけれども（笑）。

山本　『源氏物語』の女君には通称が人柄を表す例が多いと思うのですが、玉鬘もそう。強い生命力のイメージです。母の死後一時は、当時は異国のようにさえ思われていた九州まで行くけれども、つるが力強く伸びるように、生き延びて京都に戻り、光源氏に見いだされます。

林　玉鬘について当時の人はどのように思っていたのでしょう?

山本　貴種の落胤《らくいん》としてこんな人もいるだろうと納得できたのではないでしょうか。『蜻蛉日記《かげろうにっき》』の中に、道長の父である兼家の落とし胤がみつかり、作者の藤原道綱母《ふじわらのみちつなのはは》が、その娘を養女にしたいと言い出す話があります。そのように、どこかで生まれた子を引き取って世話するという話は普通にありましたから。

林　玉鬘は非常に頭がいい娘ですよね。彼女によって読者は、源氏の老いと衰えを知ります。おそらく、源氏にとっては初めてと言ってもいい経験です。その上、添い寝させながらも一線は越えさせない。そのあたりのテクニックや賢さは、ほかの女君たちとは違いますね。

山本　あのあたりの光源氏は本当におじさんですね。若い子にそんなことをするか、という感じ。たとえば、「蛍」の巻で彼女が物語を読んでいると、光源氏は最初「女は物語が大好きだが、そんなにつくり話にだまされたいと思っているものなのかな」とからかう。ところが玉鬘が「私には皆本当のことのように感じられますわ」と切り返すと光源氏は一転して、物語のことをちやほや褒《ほ》めそやし始める。若い娘に受けようとしている光源氏がとてもおじさんっぽい。

林　以前の光源氏は、女から無条件に受け入れられていましたね。空蟬のときなど、女の人を犯したのに、女の人には一生のいい思い出ができたと思われていた。でも、玉鬘に対する光源氏は、無理やり犯したりしたら、女に恨みだけしか抱かれないような男に成り果てている。

山本　そうですね。自然に自制心が働いて、無理やり行くこともできない。そうこうしているうちに彼女は鬚黒《ひげくろ》の大将にとられてしまう。そしたら今度は、育てたかいもないという歌を詠んでいます。

林　未練たらしい（笑）。

玉鬘は決して望んだ相手ではなかった鬚黒の大将と結婚しますが、それが玉鬘をセレブの世界へと導くことになります。この話から、『源氏物語』の男たちの中で、誰が一番イケメンだったか、結婚相手には誰がいいかに話はうつっていきます。

林　『源氏物語』に登場する男性の中で、ランクをつけるとしたら、私は鬚黒が一番ですね。中年のしっかり者で、ひとりの女性を愛し続ける。その愛し方もちょっといい。結婚相手として一番いい男性は鬚黒の大将じゃないでしょうか。

山本　最近はマッチョな男も人気があるようで、男性に対する女性の価値観も変わっていますね。平安時代は色が黒い人や顔色が悪い人は嫌がられていました。

林　鬚黒は実際にひげをはやしていたのですか。ひげそり跡が濃いとかではなくて。

山本　「行幸《みゆき》」の巻に「色黒く、ひげがちに見えて」と書いてありますね。

林　お化粧をしている貴公子たちもいる中において、ひげをはやしているのは珍しいですよね。

山本　「色黒い」は肌が黒いことで、もともと地黒だったのだと思います。「ひげがち」はひげが濃くて、わさわさとはえている状態です。

林　それはおしゃれ心からのことですか？

山本　無精ひげというか、ついついはえてきていたのだと思います。

林　私はどうしても、ひげをたくわえているとは思えないのです。当時の男性のおしゃれとして。武士でもないのに。

山本　確かに、手入れのない無精ひげはそういう階級を表しますからね。

林　身分の高い人が、ひげを黒々とこんなにたくわえていたのですか？

山本　口ひげ程度は普通にあったと思います。『源氏物語絵巻』の中で、匂宮《におうのみや》の顔に描かれていますから。

林　私は大和和紀さんの『あさきゆめみし』の絵の印象が強くて。ひげもじゃの顔がどうしても浮かんでしまって（笑）。

山本　鬚黒については政治的な一面を見逃してはいけません。自分の姉妹が東宮の母なので彼は次の帝の外戚で、先々は保証されている。そこでさらに上を目指すにあたって、姻戚関係を見直した。鬚黒の正妻の実家は、藤壺の兄の式部卿宮家。いっぽう玉鬘は現内大臣（頭中将）の実子であり、現太政大臣の光源氏の養女でもある。式部卿宮と、光源氏・頭中将連合、どちらを親にもつことが重要かと考えると、式部卿宮を切ったほうが彼にとって将来性がある。そういうことも考えて鬚黒は玉鬘に入れ込んでいた。

林　そうすると、その恋は必ずしも純粋ではない。

山本　ただ、当時のセレブ婚には、必ずその要素がありましたからね。

林　もしも、光源氏が先に玉鬘に手をつけていたとしたら？

山本　光源氏は自分の息子の夕霧に「玉鬘を自分の愛人にするつもりではないですか」とズバリ言い当てられてしまう。それで光源氏は退路を断たれ手を出せずにいる間に、結果的に彼女は鬚黒のものになった。つまり、光源氏はもう恋の主役にはなれないということを、いろいろな方向から彼に気づかせているのです。

林　源氏にとって玉鬘は、非常にむごい存在なのですね。

山本　玉鬘が現れる前の「朝顔」の巻では光源氏は三二歳で、もしかしたら朝顔と再婚するのではないかと紫の上をやきもきさせるぐらい「現役」です。いっぽう「若菜上」の巻で彼は四〇歳になって女三の宮と年の差婚をするけれど、このときの光源氏は以前との乖離《かいり》がありすぎる。その間にあって、徐々に「おじさんはもうダメ」と光源氏にも読者にも気づかせるのが、物語における玉鬘十帖の役割でもあります。

林　そういう前奏曲があって、女三の宮の悲劇が始まるのです。光源氏はもう、女三の宮にとって無我夢中になれる相手ではなく、セックスつきの庇護者《ひごしゃ》でしかない。玉鬘は女三の宮の気持ちの先導者みたいな存在ですね。

山本　年齢に関してはそういう見方ができます。光源氏に中年の自覚をもたせ、読者にも覚らせる。

林　玉鬘は思いのほか重要な役割を担っていたのですね。そして、その後に起きる六条邸での悲劇やごちゃごちゃした人間関係から離れたところで、幸せで健全な家庭を営んでいく存在として独立する。

山本　そうですね。それから、「若菜上」の巻では、光源氏の四〇歳の賀にあたる年のお正月に、玉鬘が若菜を献上してお祝いをしてくれる。

林　お金持ちの妻になった玉鬘は、そのときにはすごい経済力をもっているわけですね。夫は優しいから、口出しもしないし。

山本　それに、子どもたちをたくさん連れて行っていますね。

林　あれは、源氏と関係をもつことはできなかったけれど、今はこんなに幸せですということの一種のデモンストレーションみたい。でも、鬚黒のものになった玉鬘には、光源氏のことも好きだったかな……、という微妙な女心が感じられます。

山本　そうですね。鬚黒は彼女にとって一番好きなタイプではなかった。源氏が一番すてきで、その次は、源氏に似た冷泉《れいぜい》天皇。それから一番熱心に手紙をくれたりするのは、鬚黒と並んで蛍兵部卿宮。

林　そんな序列ですよね。

山本　鬚黒なんか問題外だと思っていたのに、寝所《しんじょ》に踏み込まれてしまった。世間はそれを噂にしているし、事実として三日夜の餅も終わってしまった。ならば、これが自分が納得して行った道だと、みんなに思わせることを考える。そのあたりが玉鬘の上手なところです。

林　本当にモテモテですよね。

山本　その上、光源氏とのほのかな恋にもちゃんと収拾をつけているのが玉鬘らしいところだと思います。

源氏物語の舞台裏 四

受領《ずりょう》階級の女に秘められた紫式部の野望とは?

『源氏物語』の二帖「帚木《ははきぎ》」には、「雨夜の品定め」という有名な場面があります。五月雨が続く夏の夜、若かりし光源氏が、頭中将たちが繰りひろげる理想の女性談義に参加するという話なのですが、そこで光源氏は「女はやはり中流が良い」という意見を聞くことになるのです。

それを聞いてか、その後光源氏は、幾人かの中流階級の女性と関係を持つことになります。その代表が空蟬《うつせみ》と明石の君というふたりの女性です。

なかでも空蟬は、紫式部自身がモデルではないかと言われている女性。年の離れた受領階級の男の後妻になったという点、空蟬が身を寄せる家が、実際紫式部が住んでいたと言われている場所に近いという点など、さまざまな共通点が指摘されています。

空蟬は、光源氏が方違《かたたが》え(外出の時、ある方角を避けること)のために訪れた義理の息子の家で一夜を共にします。光源氏のような超プレイボーイには異例のことですが、この一回の逢瀬のことを彼は終生忘れられません。さらに後には、妻でもない一回抱いただけの空蟬を自分の屋敷に迎え入れるのです。

紫式部が『源氏物語』を書き始めたとき、その読者は式部と同じ受領階級の女性たちであったといわれています。だとすればこの空蟬の話は中流階級の女性にとって、もしかしてありえるかもしれない希望の物語として読まれたことが想像できます。

一方明石の君は、紫式部が受領階級である自身の夢を物語の中に託した女性だったのかもしれません。明石の君は須磨で光源氏と出会い、子どもを身籠もります。やがてその子孫は帝に即位します。つまり、受領階級の子孫が帝になるわけです。

当時、受領階級は、貴族たちから金儲けばかりを考える強欲ものの代表と見なされていたようです。作者である紫式部は内心、そんな状況に忸怩《じくじ》たる思いを抱いていたのかもしれません。それゆえ、受領階級である明石の君に、やがて帝のキサキとなる娘を産ませたのではないでしょうか。そんな推測を裏付けるように、『源氏物語』に登場する女性たちの中で、もっとも栄華を極めるのが明石の君の系譜なのです。

第二章 『源氏物語』は極上の恋愛サスペンス

ズバリ、光源氏は誰だったのか？

林　『源氏物語』は、それ以前に書かれた『伊勢物語』を踏まえていますが、リアルタイムの時代背景も取り込んでいますね。

山本　そうですね。たとえば光源氏が官位を剝奪《はくだつ》されて須磨・明石に下ったエピソードなどは、同じ一世（天皇の子である）源氏の源《みなもとの》高明《たかあきら》が太宰府に流された「安和《あんな》の変」を思い出させます。それから光源氏が娘を天皇家に入内させて後宮で后妃同士競い合う辺りはまさに藤原道長らの摂関政治ですね。

林　では、光源氏のモデルになった人も実在したのですか？

山本　源高明も藤原道長もモデルと言われていますが、モデルというか、光源氏という発想の根源になったと思われるのは宇多《うだ》天皇です。『伊勢物語』の描く時代の直後のことですが、清和《せいわ》天皇の子である陽成《ようぜい》天皇が宮中で不祥事を起こして退位するという事件がありました。次の天皇になったのは、三代前の天皇の子で特定の政治勢力の息がかかっていない光孝《こうこう》天皇。光孝天皇は、自分が傀儡《かいらい》的な天皇であることを認めて、自分の息子たちを天皇位につける野心がないことを示すために、子らを全員源氏姓にします。ところが、彼が病に倒れたときに跡を継ぐものがいない。そこで、異例の策として、一旦は「源　定省《みなもとのさだみ》」という名で臣下に下っていた息子が天皇の位を継いだ。この宇多天皇の事例がたぶん光源氏という人物の発想の原型になっているのではないかと思われます。読者もこの歴史的事実を踏まえて、「桐壺」の巻で源氏となった光も、もしかしたら宇多天皇のように天皇に返り咲くかもしれないとリアルに受け取っていたでしょう。

林　歴史は繰り返す、ですね。

山本　また、紫式部の曾祖父は娘を天皇家に嫁に出していて、宇多天皇とも家系的につながっていました。そういう関係から、紫式部の中には代々の血統に対する意識もあったのではないかと想像できます。

林　作者自身にそのような想いがあったのですね。

山本　『源氏物語』の中には宇多天皇の時代がちらついていて、「桐壺」の巻には宇多天皇が書き残したものを読んでいるシーンもあるのです。

林　そんな描写が？

山本　桐壺更衣がなくなった後、桐壺帝が涙にくれながら母親のところに使いをやるシーンがあります。彼が使いの帰りを待ちながら手慰みに読んでいたのが「このごろ明け暮れご覧ずる長恨歌の御絵、亭子院《ていじのいん》の描かせたまひて、伊勢、貫之に詠ませたまへる」と書かれています。この亭子院というのが宇多天皇なのです。

林　そこまで深く読んでいませんでした。ところで、光源氏という名前には「光」と「闇」のふたつの意味が隠されているとうかがいましたが、ほかにもそういう例はあるのですか？

光源氏という名前がもつ二面性から、いよいよ話は核心に向かいます。『源氏物語』で、紫式部は私たちに何を伝えようとしたのでしょうか。

山本　桐壺更衣が亡くなる間際に詠んだ、「限りとて別るる道の悲しきにいかまほしきは命なりけり」（これを限りにお別れしなければなりません。それにつけても悲しくて、こんな死出の道ではなく命を生きとうございました）。この後の、「いとかく思ひたまへましかば」（このようになると思っていたなら）が、桐壺更衣はいったいどうしたかったのか、と古来疑問が抱かれているところです。

林　さっと読み過ごしてはいけない箇所ですね。で、その説とは？

山本　一般的な注釈に書いてあるのは、「こんなに悲しい結末になると知っていたなら、あなたに愛されなかったほうがよかった」という説です。ちょっと身も蓋もないなぁという気がしますが、そのように後悔して死んでいったと。ところがもうひとつ、「今際《いまわ》のきわにこんなにまで『生きたい』と願う私だったとわかっていたら、元気な間にもっと強く生きたのに」と読む説があります。これだと、まったく違う解釈になり、桐壺更衣は最後に強い女として人生に目覚め、しかし皮肉にも死んでしまったということになる。

林　いろいろな読み方ができるから、いまだに謎とされる部分が多いのでしょうね。それだけ、読み甲斐があるということですね。

山本　私たち研究者でも、まだまだわからないことがたくさんあります。

林　私が読んでいて感じたことなのですが、『源氏物語』には時代や登場人物を替えてリフレインされる場面がたびたびあります。

山本　おっしゃるとおり、『源氏物語』は前の話を少しずつ変えて、変奏曲のように繰り返されています。

林　最初はやはり、桐壺更衣と藤壺の関係性でしょうか。

山本　「身代わり」というテーマですね。藤壺は桐壺更衣の身代わり、紫の上は藤壺の身代わり。浮舟《うきふね》は大君《おおいぎみ》の身代わり。その前提として、「男が女に強く惹かれながら、会えない」というテーマも繰り返されています。桐壺帝は愛する桐壺更衣を亡くして会えなくなる。光源氏は元服したことで藤壺と会えなくなる。

林　そのあたりが、紫式部のうまさですね。

山本　ほかには、一部重なりますが「死別」というテーマがあります。桐壺帝は桐壺更衣と死別する。光源氏は紫の上に死なれて、宇治十帖《うじじゅうじょう》では薫《かおる》が大君に死なれるという繰り返しです。連れ合いに死なれる男の物語が幾重にも重なっていくわけですね。それがどのように変わっていくのか、読者にとっての楽しみだったのではないかと思います。

林　そのように考えると、「野分《のわき》」の巻で、源氏の息子の夕霧《ゆうぎり》が紫の上の顔をしみじみ見るシーンは、源氏が愛していた藤壺の顔を見ることができなかったことを再現しているのですね。

山本　「密通」というテーマですね。紫の上の顔を夕霧が見てしまう話は、これに確かに重なります。いつもならきっちり閉じているはずの紫の上の部屋が台風によってたまたま戸が開き、屏風もたたまれていたために、かねてより見てみたいと思っていた父の最愛の人の顔を見ることができて、若い夕霧はドキッとする。このときに光源氏が藤壺に抱いたような、義理の母親に恋をする気持ちが変奏されています。夕霧の場合には密通にはいたらなかったのですが。それから、藤壺と源氏の密通は、やがて女三の宮と柏木《かしわぎ》の密通へとつながっていきます。因果応報のように重なり合いながら物語が綴られていくのです。

林　本当に、壮大な変奏曲のような感じですね。

紫式部は誰のために『源氏物語』を書いたのか？

『源氏物語』の作者紫式部の人生は謎に包まれています。謎どころか生没年不詳、さらには誰もが知っている紫式部という名前すら本名ではありません。この奥ゆかしい名は、物語に登場する「紫の上」にちなんでつけられたものなのです。とはいえ、平安中期の女性においては、こんなことは当たり前のこと。むしろ『紫式部日記』と歌集を残した彼女の人生の謎を解く手がかりは多いほうだとも言えるのです。

紫式部の父は藤原為時《ふじわらのためとき》という学者でした。この父から漢学の手ほどきを受けた式部は、父をして「この娘が男であったなら」と嘆かせるほどの才を幼いころから見せたといいます。『源氏物語』がただの女流文学に終わらず、各時代の知識層から愛された大きな理由は、紫式部の半端でない漢文への造詣が物語に色を添えているからだというくらいですから、その知識のすごさが想像できます。

この才が邪魔をしたかどうかはわかりませんが、式部は当時としては晩婚の20代半ばで20歳以上年上の受領（地方の国を司る）役人藤原宣孝《ふじわらののぶたか》と結婚をして一児をもうけます。が、すぐに宣孝は死去。紫式部は数年のうちに結婚、出産、夫との死別という極めて濃密なジェットコースター的体験をするのです。ですが、この経験が紫式部を『源氏物語』執筆へと向かわせたと言われるのですから、人生何が起こるかわかりません。

「藤原道長が娘の中宮彰子のために書かせたのが『源氏物語』」と思われがちですが、彰子のところへ出仕したとき紫式部は『源氏物語』の作者として既に有名な存在でした。さまざまな研究者が資料から類推した結果、夫の死後、その寂寥感《せきりょうかん》をなぐさめるために書き始めた物語が徐々に評判になり、それを聞きつけた藤原道長が自分の娘である彰子のために宮中にスカウトしたという説が、今では有力となっています。事実、物語が進むに従って華やかな宮中での行事がリアルに描かれるようになりますが、宮中で働く以前に書かれたとされる帖では、紫式部が実際に見ることができた受領階級の女たちと光源氏の恋物語が話の中心となっています。

この物語によって栄華を極めたと思われる紫式部ですが、晩年についてはほとんどわかっていません。それもまた彼女をミステリアスな存在にしている謎のひとつです。

謎に包まれる天才作家・紫式部の人生

おふたりの話は、『源氏物語』の文学論から、作家・紫式部の人物像へと進みます。受領階級の娘に過ぎなかった紫式部は、どのようにして彰子に仕えるようになったのでしょう。

林　紫式部は受領階級の娘であったわけですから、同じ中流の女友達に読ませるために『源氏物語』を書き始めたのですよね？　それが藤原道長の目にとまってスカウトされた。

山本　はい。紫式部は驚いたことでしょう。

林　それはいつごろでしょうか。当然、彰子《しょうし》が中宮になるまでの間ですよね。

山本　彰子は入内の四か月後に中宮になったのです。でもその後、なかなか懐妊できませんでした。紫式部がスカウトされたのはその時期で、寛弘二（一〇〇五）年か三年と推測されています。実は、紫式部は藤原道長の妻源倫子《りんし》のまたいとこにあたります。倫子の母方の祖父と、紫式部の父為時《ためとき》の母がきょうだい。同じ藤原良門《よしかど》流ですが、倫子の母は源家の左大臣と結婚してセレブとなり、紫式部の祖母は受領階級に嫁いでぱっとしません。紫式部の生家は現在の京都御所の東、寺町通りをくだった所にあった堤中納言《つつみちゅうなごん》邸と考えられていますが、倫子の家はその向かい側の土御門《つちみかど》邸です。道長はそこに婿入りし、彰子もこの邸宅で生まれ育ちました。もしも、紫式部と倫子に親交があったなら、倫子が道長に、向かいに住む遠縁の娘が書いた物語を見せていたかもしれません。

林　「私の親戚に経済的に恵まれない子がいるのだけれど、書くものがおもしろいから読んでみて」とか、貴族の間でそんな会話をしたのでしょうか。今ですと、テレビ局や出版社に勤めている人が、遠縁の人に頼まれたみたいな感じかしら。本来、彼女はそのようなお声がかかるクラスではなかったはずですからね。

山本　はい。道長が彰子のために選んだお付きの人は、ふたつのタイプに分かれていました。ひとつはものすごく高貴な生まれの女性。もうひとつはベテラン女房。母親の代から女房で、宮中のしきたりを熟知しているタイプの人たちです。

林　そうしますと、紫式部の立場は非常に中途半端ですね。

山本　そうですね。そんな紫式部が同僚の中でどのぐらいの順位にいたかが彰子の出産のエピソードから推測できるのです。

林　どのようにしてわかるのですか？

山本　出産のとき控えていた部屋からです。彰子の分娩室には彰子の母親と、生まれてくる宮のための乳母に決まっている彰子の身内であり身分も高い女房がいます。紫式部はその隣の「いま一間にいたる」とあって、ここには分娩室組に次いで上﨟《じょうろう》の女房たちが控えていました。それから推測すると、彼女は勤務年数二～三年でもう、彰子の女房たちの中でも八番目ぐらいの地位にいるということになります。

林　キャリア二～三年で、もうナンバー・エイトに入っていたのですか。

山本　すごい昇進です。また、彰子が里帰りから宮中に戻るシーンでも四〇～五〇人ぐらいいる女房の中で七、八番目にいる。つまり、彰子に仕えるエリート女房の中でも、高い位置にランクされていたわけです。

林　それでも受領の娘ですから、ほかの女房たちから軽んじられていたのではないでしょうか。

山本　はい。今申し上げた宮中に帰るシーンでも、牛車に同乗した女房から露骨に嫌な顔をされて傷ついたと書いています。

林　それで、受領階級の描き方をはじめ、自分に近いものに対して情け容赦がないのかも。自己否定の形なのかしら。特に末摘花という女性については、顔が変だというだけでなく、着るものが古めかしいといったことまで書いて。

山本　痩せていて肩の骨が浮き出ているみたいだとか、鼻も大きくて垂れていて赤いとか、リアルですね。それから、頭のいい女性に対して悪く書く傾向があります。自分のお父さんは学者で受領なのに、受領や学者といった階級に対してすごく手厳しいところがある。

林　そうですね。紫式部は同じ境遇である受領の娘に対して、意地の悪さや冷ややかさが感じられます。

山本　ただ、小説家が書いたことがすべて自分の意思や価値観であるとは限りませんよね。『源氏物語』は、「年寄りの女房が語っている」という設定で書かれています。長い間、光源氏や宮廷に仕えてきた人の眼や価値観をとおして書かれているから、そう感じられるのでしょう。

才能あふれる紫式部ですが、自分が仕えた中宮彰子のライバルの中宮定子に仕えていた清少納言には手厳しいものがありました。紫式部の意地悪さにはれっきとした理由がありそうです。

山本　清少納言との比較もおもしろいですね。

林　才気煥発《さいきかんぱつ》な清少納言とは仲が悪かったようですね。

山本　性格が根本的に違うし、因縁もありましたからね。『紫式部日記』の中で清少納言を批判していることは有名ですが、その背景にあるのは、ひとつには価値観が違うこと。もうひとつは、十年も前に死んだ定子のことを清少納言がいつまでも『枕草子』に書き続けていることに対する不満だと、私は考えています。現在の中宮として、自分が仕えている彰子がいるわけですから。ちょっと立場が違いますが、ダイアナ本やダイアナ番組がいつまでも人気があるのに似ていますね。イギリス王室の現皇太子妃カミーラさんは、ダイアナ本や番組のせいでいつまでもいまひとつ存在感が希薄。お付きの者たちは、ダイアナさんの番組をやめてほしいと思っているはずですよね。

林　なるほど。そういうことですか。

山本　清少納言はダイアナ番組を続け、人の心に定子を刻み続けている。それに対して、「やめてよ、あんな番組嘘だから」と言っているのが紫式部です。清少納言は死者を蘇らせ続けているわけですから、彰子側の紫式部にとってはいらいらさせられる存在だったでしょう。

林　清少納言の知識についても、上っ面だけの浅薄なものだと書いています。本なんかちゃんと読んだこともないのだろうと。

山本　「よく見ればまだいと足らぬこと多かり」。でも、実際はそれなりに知識も教養も清少納言はもっていて、不足してはいなかった。『枕草子』にも書かれていますように。つまり、清少納言に対して紫式部がしていたことは、清少納言を完全否定して自分を正当化し、価値観をずらすことだったのです。

林　なるほど。小説家としてはエッセイストが許せなかったのですね。

山本　問題はそこに盛り込まれた教養の質です。『枕草子』の教養は皆で楽しむことに主眼があり、『源氏物語』は本格的です。本格派が清少納言の価値観そのものを否定すると、読んだ人は、ああそうかなと引きずられる。清少納言が素晴らしかったという記憶を帳消しにすることを意図的に書いて、自分あるいは彰子の時代に流れをもってこようとしたのだと私は思っています。
林　やはり、紫式部はちょっと意地が悪い。
山本　それは否定できませんね。
林　そんなことから想像すると、紫式部って絶対きれいじゃなかったはず（笑）。
山本　私もそう思います（笑）。
林　これは作家の勘なのですが、美人は作家になんかなりませんよ。とは言っても、最近は違ってきていますけれど。
山本　『紫式部日記』に「自分は歳だし、美しくない」と自ら書いているところがあります。謙遜《けんそん》かもしれませんが。
林　紫式部はどのくらいの期間を費やして『源氏物語』を書いたのでしょうか？

山本　一〇年以上……ということしかわかっていません。また、彼女が亡くなった時期もわからないのです。

林　諸説紛々なのですか。

山本　一〇一〇年代死亡説から、一〇三一年まで生きていたという説まで。歴史資料に紫式部の名前が現れることが滅多にないもので、わからないのです。貴族の日記に「為時の娘」が登場するのが一〇一三年。同一人物かと推測される女房が、同じ日記に最後に姿を見せるのが一〇一九年。この後はすぐ亡くなったのか、それとも宮仕えを辞めたのかもわからない。

林　一〇年代と三〇年代とでは隔たりがありすぎますね。二〇年も違う。

山本　資料がないことには何も始まらないので、今後の研究を待ちましょう。私も精を出して資料を探してみます。

六 源氏物語の舞台裏

永遠のライバル、紫式部と清少納言

壮大な恋愛歴史小説『源氏物語』を書いたベストセラー作家、紫式部。物語でも歌でもないまったく新しいジャンルである『枕草子』を書いた元祖エッセイスト、清少納言。その類まれなる才能において他の追随を許さないふたりの天才が、ほとんど同じ時期に現れたというのは、まったく奇跡としか言うことができません。いや、このふたりの出現は、文化サロン的役割を持つ日本の後宮が生んだ必然だったのかもしれません。

帝のハーレムといった感もある後宮ですが、実情はだいぶ違っていたようです。男性器を去勢した宦官《かんがん》だけが入ることができた中国の後宮や男子禁制だった江戸時代の大奥と異なり、平安時代の後宮には上流貴族たちがある程度自由に出入りをしていました。そこでは女主人である中宮・女御など帝の妻が、美や知に秀でた女房を率い、その女房たちを目当てに集まる貴族とともに文化サロンを形成。そしてこのサロンの華やかさは、帝の寵愛を受けるための重要な要素であったようです。ですから、女主人たちやその後ろ盾は常に才能ある女房を探していました。結果、後宮には当時としては最高の美と知を有する女性が集まったのです。紫式部と清少納言もそうした女性のひとりでした。

紫式部と清少納言は、ともに一条天皇の中宮に仕えました。紫式部が中宮彰子、清少納言が中宮定子です。一条天皇の寵愛を受けた定子の華やかなサロンに仕えていた清少納言ですが、紫式部が出仕したとき、すでに定子死去とともに後宮を去っていました。ですからふたりは直接的に顔を合わせてはいないようです。後から出仕した紫式部が、先輩女房が残した『枕草子』を読んでライバル視したという筋書きが考えられそうです。『紫式部日記』のなかで紫式部は清少納言を「偉そうなふるまいをする人。こんな軽薄な人はどうせろくでもない終わり方をする」とけちょんけちょんに非難しています。実際に定子というパトロンを失った清少納言は凋落の道をたどるので、この予言（？）はあたっていたのですが、どうやらそこには清少納言に対する個人的な恨みも含まれていたようです。じつは『枕草子』のなかで、清少納言は、紫式部の亡くなった夫藤原宣孝《ふじわらののぶたか》を笑い物にしているのです。夫の死のつらさを紛らわせるために『源氏物語』を書き始めたといわれる紫式部だけに、これは決して許されないことだったのでしょう。

長編『源氏物語』はどこから書かれたのか？

林　『源氏物語』は全部で五四巻とも六〇巻とも言われていますが、紫式部は最初の「桐壺」から書き始めたと考えていいのですか？

山本　「桐壺」だと最初から大長編のつもりで書いたことになるのですが、第一作ですし紙も高価でしたし、おそらくは短編で書き始めたのではないでしょうか。その問題を解く鍵は、次の「帚木《ははきぎ》」の巻にあります。

林　この巻のときに、藤壺との関係があったという説と、なかったという説とがあるようですが。それは永遠の謎ですね。

山本　はい。この巻の冒頭は、「光る源氏。名のみことごとしう、言ひ消たれ給ふ咎多かなるに…（光輝く源氏。名前ばかりは大げさにもてはやされているものの、その実「光る」どころか暗に伏せられているような行状も多いそうで…）」。光源氏という主人公の名前がここで初めてはっきりと登場し、ナレーターが「この物語のヒーローのプレイボーイ本人が秘密にしていた恋の話まで語り伝えた人の、なんと口さがないことよ」と語り始めます。いかにも物語の冒頭らしくありませんか？　このときの光源氏は中将という一番カッコいい役職についていて、一七歳の光源氏の恋のアバンチュールがこれから始まることを告げるような展開になっています。

林　なるほど。ここから『源氏物語』は書き始められていたのですか。

山本　そう考えるとわかりやすいことが多いのですね。「雨夜の品定め」を最初に置いて、いろいろな女がおもしろいということを主人公に吹き込む。好奇心ではちきれそうになった一七歳の男の子は恋の冒険をスタートさせます。ここからは研究者としての想像なのですが、「帚木」以下の短編が好評を得て、続けてほしいという反響があったのではないでしょうか。そうなると光源氏の恋の遍歴を貫く理由が必要になった。それは成就しなかった初恋ということにして、藤壺を登場させる。藤壺のキャラクターは、光源氏が三歳のときに母と死別したことにして、母に似た義理の母にした。このようにして、「帚木」の後から「桐壺」が書かれ、それから『源氏物語』の大長編ができていったというのが私の想像です。もちろん長編化の際に細かい書き直しもしているでしょう。

林　読者の評判に応えるために、前に戻ったのですね。

山本　「桐壺」の巻を書いたときには、恋だけではなくて、別の大きな構想もできています。この巻には、幼い光源氏の将来を占う高麗《こま》の人相見《にんそうみ》が出てきますね。それは、この物語を単なる恋愛ものから拡大して、政治的な要素を加えるためです。主人公は源氏にさせられたけれども天皇に即位するかもしれないという、政治的なおもしろみをテーマとして加えたということですね。

林　なるほど。そうやって膨らませていったのですか。

山本　当初の読者はおそらく中流貴族たちです。紫式部は夫も父も受領階級で、彼女自身が中流の女性です。未亡人として家にいるときに『源氏物語』を書き始めたのですが、最初のころは知人との間だけで盛り上がっていたと、日記に記しています。たとえて言えば、現代、アマチュアで漫画を描く人がコミケ（コミック・マーケット）に作品を出すような感じで、自分たちの内輪で受けるために『源氏物語』を書いていた。

林　コミケですか（笑）。

山本　その際に彼女が目指したのは、月の世界からやってきて月に帰るような恋のファンタジーではなく、リアルな恋をした人がどうなるのかということ。「超カッコいい」男性をヒーローにして、彼とかかわる女たちの体験を書きたいと思っていたのです。

林　今で言うと、アメリカのテレビドラマ『セックス・アンド・ザ・シティ』みたいなものを書こうとしたのかしら（笑）。

山本　「雨夜の品定め」で光源氏が自分より身分の低い男から「中流の女がいい」と吹き込まれるのは、普段中流階級の女性とはほぼ縁がない世界にいる光源氏というセレブをその気にさせるために必要な手続きだったと研究者は考えています。光源氏はたまたま方違えで行った紀伊守《きいのかみ》の邸宅で空蝉《うつせみ》と会うのですが、方違えは日常的に行われていて、当時の貴族階級にとって、階級の違う者と出会う機会でした。

林　方違えにそのような意味があったのですの。考えたことがありませんでした。明治時代のカルタ会みたいなものでしょうか。たとえば、男女が出会うべき限られた場所というような。

山本　占いに従って他人の家に宿を借りるので、偶然の要素が大きいのですが、出会いという意味ではそうですね。しかも、受領という職はうまくするとうんと蓄財できたので、彼らの一部はお金持ちで、身分はそう高くありませんが豪華な邸宅に住んでいました。

林　紀伊守邸の舞台になったのは廬山寺《ろざんじ》辺りですね。廬山寺はもともと、紫式部が住んでいたところですね。行ったことがあるけれど、小さいながらもきれいなお寺ですね。

山本　廬山寺は紫式部の自宅跡地と推定されていますね。この周辺は平安京の中でも瀟洒《しょうしゃ》な住宅街で、実際に受領の豪華な邸宅もありました。

林　なるほど。方違えの場所には受領階級の家が使われた。受領の身分の低い女の人とセレブ中のセレブとが出会える場所は、恋のチャンスに満ちていますね。

山本　紀伊守の邸宅に行った光源氏は、「今日ここにいらっしゃるのですって」と女房たちがわいわいと噂をしているのを耳にします。自分のことだと知った瞬間、彼はギクッとする。隠している恋心を誰かが漏れ聞いたのだろうかと思ったのです。その相手の名前は書かれていないので藤壺を示唆しているのかどうかはわかりません。が、「桐壺」を読んだ読者には彼女のことと察しがつく。この箇所は、「桐壺」の巻を書き足して長編化したときに、つながりをなだらかにするために少し書き換えられた部分とも考えられます。

林　受領階級の人たちのために書いた物語を宮中で発表するとなると、もっと前振りを付け足して壮大なものにしなければならなかったのでしょうね。彼女にとって本当に幸運だったのは、道長にスカウトされて、書きたかった宮中の世界に入っていけたことですね。宮中に入ってからも『源氏物語』を書き続けていますよね。受領階級の間で人気を集めたストーリーが、やがて宮中のやんごとなき方々の愛読書になってくる。そうなってくると当然筆致も違ってきますよね。

山本　そうですね。

林　受領の世界だけの物語ではなく、普通は踏み入れることのできなかった宮中の奥深くの、書かれることがなかった世界が書かれたということは、今の私たちにとっても幸いなことでした。

山本　「帚木」に続く中流の女シリーズには「夕顔」の巻など、もっと庶民的な話もあります。夕顔は本当は庶民階級ではないのですが、愛人頭中将《とうのちゅうじょう》の妻から身を隠すために、しばらく五条の庶民階級のところに身を隠します。ここも、紫式部には簡単に書ける場所です。

林　どちらの階級も知っている立場だったというのが幸いしたのですね。

山本　宮中で光源氏が活躍するいろいろな儀式となると、それまで家にこもっているばかりの主婦では見たことがなかったので書くのに苦労したはずです。それが、宮中に入って現場を見ることができたというのは、紫式部にとって夢のような出来事だったと思います。

林　長々しい儀式が出てくるのは、彼女の目に新鮮だったからでしょうか。『源氏物語』を読んだ同じ受領階級の人たちも、長い儀式のシーンを喜んで読んでいたのかもしれませんね。

山本　昔あったスターの結婚式のテレビ中継みたいなものでしょう。有名人が次々に出てきて、どんなお洋服を着ていて、お料理はこんな内容で、といったことはお茶の間の人にとって興味津々なものだから。

林　テレビの中継料金が高くなって、最近はなくなりましたけれども（笑）。

山本　でも興味はあるから、雑誌の記事になったりしますよね。宮中の儀式というのは憧れの対象であったのだと思います。

七 源氏物語の舞台裏

『源氏物語』は本当に紫式部が書いたのか?

〝『源氏物語』鎌倉中期の全巻写本、「大沢本《おおさわぼん》」を発見〟。「源氏物語千年紀」にあたる二〇〇八年七月、『源氏物語』に関するこんなニュースが新聞紙上を賑わせました。

「大沢本」は、大沢という人物が豊臣秀吉から拝領したという『源氏物語』の写本。たびたび専門家によって鑑定が行われてきましたが、太平洋戦争前後に忽然と姿を消したことから、「幻の写本」として『源氏物語』の研究者たちがこぞってそのありかを探っていました。ではなぜ、このニュースがこんなに大きく報道されるのでしょうか?

紫式部の手による原典が残っていない『源氏物語』には、大きく分けてふたつの系統の写本が存在します。ひとつは、『新古今和歌集』の選者として名高い鎌倉時代の歌人、藤原定家《ふじわらのていか》が校訂した写本。定家は乱立していた『源氏物語』の写本や注釈を可能な限り集め、ひとつの底本をつくりました。それが、今私たちが読んでいる『源氏物語』の原型となった「青表紙本」です。しかしながら、定家はこの底本をつくるにあたって紫式部が書いた物語に忠実にというよりは、読みやすさを重視したともいわれています。

そしてもうひとつが、河内の守、源光行《みつゆき》・親行《ちかゆき》父子が校訂したことから「河内本」と言われる写本。こちらもやはり、紫式部の原文に忠実と言うよりは、あまた存在した複数の伝本を取捨して意図的に編集した写本と言われています。

今回発見された「大沢本」は、一度に書き写されたものでなく、いくつかの写本をかき集めた「取り合わせ本」と言われるもの。鎌倉中期の写本も含まれることから、校訂者の編集意図が強く働いた「青表紙本」「河内本」の解釈とは違う新しい発見があるのではないかと期待されています。

原典が残っていない以上、紫式部が書いた『源氏物語』そのものは、永遠に失われたと言ってもよいかもしれません。とはいえ同時代に書かれたほかの物語や、後に書かれた『平家物語』にくらべると、『源氏物語』の伝本の差異などごくわずかと言ってもよいほどのものです。それだけ『源氏物語』は書かれた当時から特別な存在であり、千年もの間人々に愛され大切にされてきたと言えるでしょう。

心かカラダか？　現代人にも通じるリアリズム

千年を超えてもなお熱狂的に読み継がれている。それは、『源氏物語』が単なる恋物語ではなく、生の人間がそこに描かれているからだと、おふたりは読み解きます。

林　『更級日記』の作者が『源氏物語』を読んで憧れていたのが、「宇治十帖」の浮舟だったというのは、今から考えてみると意外です。

山本　今の若い人には倫理観が強い人が少なくなくて、浮舟みたいな女性は嫌いだという声を多く聞きます。たとえば、女子大で『和泉式部日記』を取り上げたときのことです。この作品はしみじみした筆致《ひっち》で描かれた素晴らしい文学作品なのですが、素材として書かれている恋は、最終的には相手の男性の結婚を破綻に追い込んだ、いわゆる「略奪愛」なのですね。それに、「反発を覚える、絶対許せない」という学生が何人かいました。別の大学では、学生たちが『源氏物語』に登場する女性の中で一番嫌いなのは浮舟だと言っていました。

林　浮舟という人はよくわからない。私から見るとただの優柔不断。死ぬほどつらかったのならば、もっと別の道を選べばいいと思うのです。しかし、それは現代人の考えなのでしょうか。それに、『源氏物語』の終わり方も、実はよくわからない。

山本　出家する人の心が、現代人にはリアルに理解しにくいですからね。また、逆に平安貴族は、自殺という選択肢を持っていないのが普通です。浮舟は人形みたいに夢見がちで世間知らずで、彼女の周りは様々な欲望をもつ人ばかりで。男たちだけではありません。かつて親王に捨てられた屈辱が癒《い》えなくて娘をセレブと結婚させたがっている母親や、薫に言いよられる面倒さを回避するために彼に浮舟を紹介した、姉の中の君。女房や下仕えに至るまで皆が、自分の欲望をかなえようと浮舟を振り回す。彼女はそれに引きずられて右往左往するけれど、私はそれがまた非常に人間らしいところだと思います。それにしても最後の帖は唐突に終わりますね。なにしろ、出家した浮舟に拒否されて薫が自問自答するというシーンですからね。しかも見当違いにも「浮舟は誰かの恋人になったのか」などと考えている。よくわからないと感じる読者が多かったと見えて続編がいくつもつくられています。みんな、後の顚末を書きたくなるのでしょう。

林　瀬戸内寂聴先生が書いておられたのですが、「宇治十帖」は、これぞ現代小説だと。優しくて穏やかな薫に愛されながら、セックスには魅力を感じない。そんなことから、匂宮《におうのみや》にも惹《ひ》かれてしまう。つまり、心と体が切り離されてくる。これぞ現代小説ということです。山本さんはどう思われますか？

山本　現代小説ですか……。

林　今の女性たちと同じ悩みをもっていたと。心はすごく惹かれているのに、もうひとりの別の男のほうがセックスに長けていて、体はそちらに惹かれてしまう。でも、今の世の中に、そんな悩みを抱えている女の人がいるのかしら。両方とも試してから決めるという感じだと思うのですけれど。

山本　「心の薫と体の匂宮」。かつてはそのように見られていました。が、最近では簡単に二分割できないと考えられるようになっています。薫は浮舟を愛人としながらも、必ずしも誠実ではなかった。宇治のような寂しい所に住まわせて、頻繁に会いに行くでもない。誠実という仮面をかぶった優柔不断なだけの人間だったのです。もう一方の匂宮は、性的なテクニックが上手なだけかというと、それも違う。たとえば、中の君と結婚関係を結ぶために、彼は三夜も遠い宇治に通わなければならないのですが、最終の三日目は、叱る母親を振り切り風の中を山越えして、真夜中にひどい格好でやってきます。そこには心がありますね。「宇治十帖」はおそらく、人間にはいろいろな面があって、それが一番表れるのが恋であるといいたかったのではないでしょうか。

林　『更級日記』の少女は、浮舟のように、単に通ってもらうのが好きなのですね。予想もしないほどクオリティの高い男がひっそりと暮らす自分を見つけ出し、夢中になってくれることに憧れていた。そういう気持ち、わかるような気がします。

山本　受領階級の娘が現実として抱けるイメージは、そこまでだったということです。

林　豪華マンションに住んでいて、通ってきてくれればいいと。

山本　それが、現実として夢を見られる限界だったのです。そのようなリアリティーを体現していたのが浮舟だと思います。

林　リアルなことといったら、『源氏物語』は自然描写がみっちり書かれていますね。自然の風景は、今の私たちにとっては感動的なものですけれど、当時は日常的にあったわけですよね。自然描写をことさらに書くということは、場面が引き締まることのほかに、さまざまなメリットがあります。

山本　自然描写の効果については紫式部も考えていたと思います。

林　私たちが京都の風景を見ると、感動して、なんて素晴らしいのだろうと思いますよね。だけど、紫式部にとって、当時の自然の風景はごくありきたりな日常のはずです。なぜあれほどまでに心を込めて書いていたのでしょうか。

山本　風景が人の心と会話したり、人の心を映し出したりするという感覚を、古代の日本人は持っていました。「若菜下」に、光源氏が住吉大明神に娘の明石の姫君立后《りっこう》成就のお礼参りをするところがありますね。その場面の風景描写には、人々の楽の音が「波風の声に響き合ひ」や「木高き松風に吹きたてたる笛の音」などと書かれています。波の音や松を渡る風の響きが、音楽の音とひとつになって美しいと。それは住吉の神が光源氏一行を祝福していることを意味しています。自然と人間とが呼応していて、情景は人間の情感に重ねて書かれているのです。

林　源氏は須磨でも激しい嵐に遭っていますね。

山本　源氏の不幸な状況に呼応して自然が荒れ狂う。都でも雷や雹《ひょう》が降って、人々が恐れだす。光源氏を呼び戻せという天の意思ではないかと。紫式部は自然描写をストーリーの上で効果的に使うということを意識していたと思います。散文で、自然を人の心とは別のものとして書くようになったのは『更級日記』以後と言われます。それ以前の人は、風景に主観的な意味を見出していたのです。たとえば、『蜻蛉日記』の藤原道綱母は、当初はあまり自然描写をしなかったのですが、石山寺にこもってから急に書くようになるのですね。自然を見て心が浄化され、慰められていったからでしょうね。自然は自分の心を映すもの、自分の心に働きかけてくるもの、というふうに感じたのだと思います。

第三章 平安時代の男と女

なんと年収四億円！　光源氏のセレブライフ

『源氏物語』は平安時代の上流貴族たちがくり広げる夢のような物語です。そのセレブぶりは、私たちの想像するスケールをはるかに超えているようです。

林　光源氏は平安のセレブ中のセレブですが、下世話な話ですけれど、いったいどのぐらいの収入があったのですか？

山本　平成三年の物価に換算した試算では、国からのお給料だけで少なくとも年収四億円でした。これは大臣の収入ですから、准太上天皇《じゅんだいじょうてんのう》なら倍額くらいでしょうか。

林　四億円ですか！　そんなに支払っていたら国庫が破産しませんか。

山本　その代わりというか、下級役人の給料は少ないですよ。セレブは荘園なども持っていて、そこからの収入もありました。『源氏物語』にも、光源氏が須磨に行くとき資産の管理を紫の上に託したシーンで、荘園、牧場、不動産の権利書、倉、財宝……と並べられます。もちろん支出も多かったでしょうが、こちらは試算ができません。当時の物の値段がよくわからないですし、使い道も不明で。

林　かずかずの宴会の主催もしていたのですよね。

山本　そうですね、大変な出費だったに違いありません。

林　端々の女たちにいたるまで、衣装を揃えてやって、心配りをして。

山本　「玉鬘《たまかずら》」にありますね。ああした豪華な女性の衣装一式を用意して与えるのですからね。それにパーティのときなどは、女君たちに仕えている女房にも衣装を支給することがありました。客の貴族はひとりで来るわけではないので、お付きの従者たちにもお土産として、「禄《ろく》」というプレゼントを用意しなければなりませんし。

林　当時の衣装はとても贅沢なものだったと思いますが、現在の価格に換算するといくらぐらいになるのでしょう？

山本　それを計算するのは至難の業ですね。

林　ものすごく高かったのでしょうね。生産者が多かったわけではないでしょうし、技術もなかったですし。当時の男たちの衣装は、奥さんの実家が用意していたのですか。

山本　おおかたの女たちはずっと家にいましたから、夫の装束や禄として与えるようなものは妻や侍女たちが縫っていました。朝までに縫っておきなさいとか言われて。

林　奥さんはそのようなことも取り仕切らなければいけなかったのですね。だから、源氏は紫の上に家を守らせたのかしら。

山本　紫の上は家のこと、土地のこと、主婦の仕事までこなしましたね。パーティの際「禄」を整えるのは妻の仕事ですが、それもこなしています。「センスのいい贈り物を贈った」と「胡蝶《こちょう》」の巻で称賛されています。あのころの女にとって、労働ははしたないことだと思われていましたが、針仕事のようなことは実際にしていました。しかし、ご飯をしゃもじでよそったりするのはとてもはしたないこととされていました。男性の着替えの手伝いをすることも、女の身分が男性よりもずっと下ならさせてよいけれど、身分が上の奥さんにはやらせない。匂宮は浮舟とのデートのとき、彼女に洗面の手伝いをさせていますね。わざと侍女のような服装をさせて。やはり、身分意識があったのですね。

林　京の町の公共工事は、やはり税金で？

山本　鴨川がしばしば氾濫して、その修復には現在の近畿の国々の財政が充てられています。藤原道長の私邸である土御門《つちみかど》殿を造営する際にも、あまたの受領たちが寝殿のひと間ずつを請け負ったことがありました。私財をなげうってそれだけ権力者に奉仕した。家具一切を見事な豪華さで仕立てて献上した受領もいて、他の貴族に驚かれています。受領はさまざまに私腹を肥やしていたので、こうした巨額の臨時出費にも対応できたのでしょう。光源氏の六条院造営にもこうしたことがあったかもしれませんね。『源氏物語』の浮舟の義父も受領で、豪勢な暮らしをしていますよね。

林　光源氏は四億円もの給料を使い切っていたのでしょうか。

山本　そこまではわかりませんね。

林　具体的なことが書かれていない上に、生活の様子や価値観なども違うし。

山本　読者としては、身につけていたものや食べていたものなど、具体的に知りたいと思うのですが、そうした生活の実態になればなるほどわからなくなるのです。最近は、日本酒や日本料理、和菓子などの専門家の中で研究が進められて、平安時代の味の復元が試みられているそうですよ。

林　恋物語という面以外に、当時の人々がどのように生きていたのかということを考えながら『源氏物語』を読むと、またおもしろみが増しますね。

八 源氏物語の舞台裏

雲上人「上流貴族」VS平安のヒルズ族「受領」

『源氏物語』の舞台となった平安時代は、帝と帝を支える上流貴族たちによる政治が安定し、とりたてて大きな戦乱もなかったことから、日本の歴史上もっとも豊かな文化を育んだ時代と言われています。もちろんこの文化の中心を担ったのは、物語においても主要な位置を占める皇族と上流貴族たちです。

ではこの貴族とはどんな存在だったのでしょう。当時、国に雇われた国家公務員は厳密に30の身分に分けられていました。そのうち五位以上の人々を貴族と呼びます。中でも頂点に立って政治を執るのが、大臣・納言などほんの2〜30人程度の「公卿《くぎょう》」で現在の政府閣僚にあたります。公卿の子は出世に優遇制度があり、多くは世襲でした。『源氏物語』に登場する男たちは、光源氏、頭中将をはじめ多くがこの「公卿」の家柄です。

ある研究では、平安京の人口は約10万人。そのうちの一割、約一万人が貴族を含む役人であったと推測しています。このことからも公卿の存在がいかに〝雲の上〟であったかがわかるでしょう。また、確かな数字はわかりませんが、貴族でもトップクラスになると、年収は今の貨幣価値にして数億円にのぼるとか。しかも有力者同士は婚姻関係によって強く結ばれていったため、ますます富は一部の貴族に集まっていきました。

上級貴族は代々世襲するため、並の貴族にはつけいる隙はありません。ですが、千年前のこの時代にも、今でいうところの〝ヒルズ族〟のような存在が出現しました。それが受領階級です。受領は地方に赴き政治を司る国司という役人のトップ。彼らは位こそ高くはありませんが、ある一定の税さえ中央に納めれば、残りを私財とすることが可能だったため、やりようによっては大貴族に勝るとも劣らない富を築くことができました。須磨に流れた光源氏が、彼の地で出会った明石の入道もそのひとりです。また、作者紫式部の死別した夫も受領階級でした。

『源氏物語』のなかで、明石の入道の娘、明石の君は光源氏と結ばれ、女の子をもうけます。この娘はやがて天皇のキサキとなり、男の子を産みました。そしてこの男子は帝となります。つまり、受領階級である明石の入道の子孫が帝になったということです。明石の入道から見ると、『源氏物語』は空前のサクセスストーリーなのです。

見た目は二の次、三の次？　平安美人の条件とは？

あらゆる愛の形が登場すると言われる『源氏物語』を読むと、平安時代の恋愛事情がよく見えてきます。女性が顔を見せるのははしたない行為とされたこの時代、男と女はどのようにして恋に落ちていったのでしょう。

林　『源氏物語』には容貌についての表現がいくつも出てきますが、それは「懐かしい美しさ」のような抽象的な形容ばかり。研究者が最大級のほめ言葉を一覧表にしているものを見たことがあるのですが、それらの言葉で顔立ちを想像することはできない。具体的な描写がほとんどないのですから。

山本　そうですね。末摘花《すえつむはな》の鼻の形や空蟬《うつせみ》が痩せていることは書いてありますが、細かい表現はありません。

林　藤壺と紫の上はふっくらとしていて美しいと言われていますけれど、体型についての記述はあったのでしょうか。

山本　それも、ないのです。

林　太っている、痩せているということにもきっと意味があるはずですから、なおのこと、彼女たちの体型や美しさについてくわしく書いてほしかった。

山本　私たち現代人は視覚的な要素を大切にしますが、当時は関係をもった後でないと相手の姿かたちを知ることすらありませんでした。顔形や体型はよほど親しくなってから見るのが普通でした。

林　絵巻などを見ていますと、いわゆる「引目鉤鼻《ひきめかぎばな》」の顔が並んでいますよね。

山本　平安時代は、高貴な人の顔は似せ絵にしないというのが暗黙の了解でした。国宝『源氏物語絵巻』でも身分の高い人はみんな同じ顔。反対に身分の低い人は少しだけリアルに描かれていました。ですから、身分の高い人を詳細に描写しないというのは、『源氏物語』も同様だったのではないでしょうか。『紫式部日記』でも、中宮の姿を少しだけ描写して「これ以上は書かない」と。

林　中国の「長恨歌《ちょうごんか》」の楊貴妃よりも、桐壺更衣のほうが美しいといわれるほどですから、どれほど美しかったのか知りたいものです。抽象的な美しさの表現の中には、髪の毛がたっぷりあって、冷たい髪の毛の中にぐっと引き寄せたというのがありますね。

そして、その髪に裸の肩を埋める。まさに官能の世界です。

山本　髪の冷たさとか肌触りとか、その表現は総じて感触です。最初に会う夜は、明かりを消しているから漆黒《しっこく》の闇の中。視覚はいりません。ですから、容貌は二の次でよかったのでしょう。

林　ですが、『源氏物語』の読者として最も疑問なのは、どうして会ったこともない、顔もわからない人に恋い焦がれ、病気にまでなってしまうのか。なぜそこまで思いつめることができるのか。私はずっと不思議に思っていました。それが、現代の人にとってリアリティーを感じない最大のポイントなのではないでしょうか。

山本　当時の男性にとって、一緒に暮らしていない女性たちに関する情報は、筆跡などからしか得られなかったのです。仲が進んで、御簾《みす》を隔てて声を交わすところまでいって、ようやく話し方や声などの情報が入ってきた。

林　聴覚に変わっていくのですね。

山本　そして、部屋の奥から目の前の御簾近くに出てくるようになってはじめて装束に目が行きます。センスがいいな、とか、よい香りだとか。顔や体型については、本当に深い仲にならなければ知ることができませんでした。

林　視覚は後回しということですか。

山本　そのような順序でしたから、顔を知らないで恋をするのは当たり前だったのです。実は当時、歌のやり取りをするための参考書がありました。『古今和歌六帖』という書物なのですが、そこには恋をしたときのさまざまな思いを表す言葉や歌のサンプルがまとめられています。

林　「知らぬ人」や「言ひはじむ」みたいに、恋の段階が上がっていくにしたがって、表す言葉が違いますからね。

山本　たとえばまだ顔も見たことがなく、噂でしか知らない人に歌を贈ろうと思ったら、『古今和歌六帖』をめくって自分の状況に合う項目を探して、その中から適当な歌を見つけて、下の句をもらって上の句を替えたりして歌をつくったわけです。「知らぬ人」に声をかけて、最初に歌を詠むときが「言ひはじむ」ですね。口説き始めてから「逢瀬」があって男女関係を結ぶ。そして、「明日」が逢瀬《おうせ》の翌日の後朝《きぬぎぬ》の歌。両思いになると「あひ思ふ」で、なれなかったら「あひ思はぬ」。そのようにして恋が進展していたことを前提に平安時代を考えると、少しはわかりやすくなるかと思いますが。

林　歌をやり取りしているうちに、筆跡や焚き染められたお香のセンス、きものの襲《かさね》の色目などをきっかけにして相手に惹かれていく。それだけの要素ですが、それで相手を知り、心から愛するということが無理とは言い切れませんね。

山本　それらの端々に、心が表れているわけですからね。

林　そう考えると、素晴らしいことですね。見た目よりも先に、女の人のゆかしさを知って愛するわけですから。

山本　手紙を交わしているうちに、相手の性格や教養の度合いがわかっていくという過程は、今とはまったく違う順序です。ただ、現代でもインターネットを通じて結婚する人が増えていると聞きます。インターネットの掲示板での書き込みなどの世界では、自分以外の他人に成りきって書く人も多いそうですが、そんなことをしていても、どうしても性格は文面に表れてしまうのだそうです。

林　きっと、「元気?」「仕事頑張って!」程度のメッセージでも、彼女の心に訴えかけるものがあるのでしょうね。それが本当の気持ちではないにしても、そこで惹かれ合うというのは、やはり書き手の個性が反映されているからなのでしょうね。

山本　そう考えると、現代人の恋は、視覚的な要素によって大きく左右されすぎていると思ったほうがいいのかもしれません。

林　顔を見たこともない人になぜ恋することができるのか、という疑問は現代人ならではの考えなのですね。

九 源氏物語の舞台裏

平安貴族の恋愛と結婚

平安時代、高貴な女性は身分が高くなればなるほど、男性に顔を見せるという行為は恥ずべきこととされていました。では、いかにして貴族の男女は恋に落ちていたのでしょう。そこで大きな役割を果たしたのが、平安のチラリズム「垣間見《かいまみ》」と世間の噂です。「垣間見」とは、塀の破れからこっそりと女性を見る、あるいは御簾の隙間から高貴な女性の顔をちらりと見る、いわゆる「のぞき見」のこと。聞こえは悪いのですが平安時代、この「垣間見」は女性を見初める手段として公認されていたようです。『源氏物語』を見ても、光源氏が若紫（紫の上）を見初めるシーン、あるいは柏木が光源氏の妻、女三の宮に一目惚れをしたシーンも「垣間見」として描写されています。

こうして意中の女性を見つけた男性が次にすること。それは恋文を贈ることです。直接高貴な女性に恋心を打ち明けることなどできなかったこの時代、恋文こそが、女性をものにするために男ができる唯一の手段でした（光源氏はその強引さゆえ、その過程を省略することも多々ありましたが）。

思いの丈を歌に託し、おいそれとは使えない貴重な紙にさらさらと筆で書き付ける。そしてこれまた庶民など一生縁がなかったであろう香を文に焚きしめる。文を開いた姫君は、その歌、書、香で男のセンスを測るのです。

そして、めでたく恋が成就すると結婚が待っています。この儀式の姿も現代とは大きく異なるところ。当時の一般的な儀では、男が女の元に通い、三日目の夜に家族と披露宴を行います。結婚後も、女は実家に残り、男がそこに通うということからこの形態は婿取り婚と呼ばれます。ちなみによく聞く「後朝」は、男女の逢瀬（デート）に関する言葉。共寝の後、ふたりは脱いだ衣服（きぬ）を体にかけて眠ります。そして朝になるとまたそれぞれの衣服を着て別れる。だから、逢瀬の翌朝を「衣・衣（きぬぎぬ）」というのです。この後、男はすぐに後朝の歌を女に贈らなければなりません。もし、女の元に文が届かなかったら……。それは当時の女性にとって、本人だけでなく、家族、使用人すべての関係者にとって耐えられない屈辱でした。『源氏物語』のなかでも、なかなか届かない後朝の歌を待ってやきもきする女房たちの姿が描かれています。

源氏の姫君たちは三途の川を渡れたのか？

そもそも、夫を亡くした悲しみをまぎらわせるために書かれたと言われる『源氏物語』では、人の生き死にが大きなテーマのひとつとなっています。そこには、平安時代の貴族階級を中心に信仰された、仏教の死生観が大きな影響を与えていたようです。

林　紫式部は物語の中に平安の時代背景をきちんと描いていましたが、宗教観も読み取ることができますね。

山本　当時の主流は、極楽往生を願う浄土教ですね。

林　死後の世界には、一番高い位の「空界」というものがありますよね。成仏するとそこに行くという。あのような仏教のヒエラルキーのようなものが、平安時代に確立していたと思っていいのでしょうか。

山本　そうですね。死後の世界については、仏教と俗信が入り混じっていますが、死後生まれ変わる場所として地獄と極楽があることは、宗教上の常識としてわきまえられていたでしょう。その前に四九日間はこの世をさまよっていて、その間を中有《ちゅうう》といいます。

それからは三途《さんず》の川を渡って閻魔大王の裁定を受けなければなりません。『源氏物語』の中で、成仏しないままの状態でさまよっていた人物というと、六条御息所ですね。

林　生霊は違うと思いますが、怨霊になった人たちは、まだ三途の川を渡っていない状態なのですね。

山本　地獄からやってくる怨霊もいます。たとえば「明石」巻の桐壺帝は、この世で起こしたある罪を償うため地獄にいましたが、光源氏を救うためにこの世にやって来て夢枕に立ちます。地獄極楽という仏教思想と、死霊という日本の俗信は別ものですからはっきり言い切れませんが、一般には、怨霊は地獄で責め苦を受けていて、時々この世に現れてくると考えられていたのではないでしょうか。『今昔物語集』で地獄の火に焼かれながら愛妻のもとにやってきた夫の亡霊など、そうした説話も多くあります。が、四九日を過ぎても三途の河を渡りもせずこの世で迷っているという亡霊も考えられています。『篁《たかむら》物語』の小野篁の妹などは一年以上兄の傍《かたわら》に出没します。

林　永遠に安らかな魂を、依然として得られていない状態で。

山本　その点では、かわいそうなところもあります。

林　玉鬘の話の中に、三途の川のことを言っているところがありました。

山本　「真木柱《まきばしら》」の巻ですね。光源氏が玉鬘に対して、「私と深い関係になることはなかったあなたはほかの男と三途の川を渡るのだな」という歌を詠みます。玉鬘は、「好きでもない鬚黒に背負われて三途の川を渡るくらいなら、その前に消えてしまいたい」という歌を返していますね。

林　その部分で、玉鬘と光源氏は関係をもっていなかったということがわかるのですね。

山本　あなたが初めての人ではなかったという歌ですからね。それではじめて、読者にはプライベートなことが明らかになる。

林　三途の川を渡るという言葉が重要なポイントになっていますよね。

山本　女性が三途の川を渡るときには、夫であった人が必要だと考えられていました。その由来は「発心因縁十王経《ほっしんいんねんじゅうおうきょう》」別名「地蔵十王経」。これはインドで生まれた仏典ではなく、日本でつくられたお経です。三途の川を渡るときには、「初開の男をたずね」、つまり初めて体を開いた男を探してきて、「その女人を負はしめ」つまり彼に背負わせる。そして、「負ひて疾き瀬を渡る」とあります。

林　男性はひとりでも三途の川を渡れるのですか？

山本　はい。でも、女はひとりでは渡れない。

林　男性経験のない女性はどうしたらいいのですか？

山本　どうするのでしょうか（笑）。男性経験のあった女性のことだけをいっているのでしょうね。

林　わりと都合よくできているのですね（笑）。

山本　しかし、これが当時の女性たちの間でごく当たり前に通用していた俗信でした。極楽に行ってからは蓮の花の上で夫婦は長らく暮らしていける。夫婦は二世ですから、現世から来世まで関係が続いていたのです。

林　そういえば、二世の契りという言葉がありますね。

山本　そして、もしもバージンでなく関係した相手や結婚した相手がいた場合には、たとえどんなに現在の夫と愛し合っていたとしても、三途の川を渡るときには最初の人に頼まなくてはいけないのです。六条《ろくじょうの》御息所《みやすどころ》のような未亡人の場合も、最初の人です。

林　六条御息所の場合は、夫であった前坊《さきのぼう》が背負ってくれないといけないのですよね。彼女は三途の川を渡りたいと思ってはいなかったはずなのに、前坊の声がするのはおかしな感じがしますが。

山本　『和樂』の『六条御息所源氏がたり』の冒頭ですね。そのくだりは、自分の気が済むまでこの世をさまよっている御息所を、夫が三途の川の岸で待っていてくれるという設定だと思って読みました。六条御息所は死後物の怪《もののけ》になっていますから成仏していないのは確かですが、地獄にも行かずこの世を迷っているという設定もおもしろいですよね。「鈴虫《すずむし》」巻では、物の怪になったとの噂を聞いた娘の秋好中宮《あきこのむ》が「いかなる（地獄の）煙の中に惑ひ給ふらん」と想像していますが、それは想像ですし。

林　六条御息所は、波乱が多かったけれども、最後は安らかに極楽浄土に着いた。そう考えていいのですね。

山本　娘が供養してくれましたから、最後は成仏できたと考えたいですね。紫の上が亡くなったときはもう出てきませんからね。

平安の姫君たちもゴシップやスキャンダルにおびえていた!?

現代において、有名人たちのスキャンダルは週刊誌やワイドショーで、かっこうのネタとして報じられています。そしてそれは、千年前も同じ。いつの時代も、女たちのウワサ好きは変わらないようです。

林　平安時代の女性は、相手を自分で選ぶことはできないのですよね。男性は何人もの女の人をつくることが当たり前だったのに。姫君などは、仕えている女房が男性を手引きしたら、なす術がなかったそうですね。まるでレイプのようなこともあったとか。侍女にはそのような裁量があったのですか?

山本　玉鬘がそうでしたね。鬚黒《ひげくろ》の大将なんか大嫌いだと思っていたのに、「真木柱」の巻では、そういうことになっている。あれは侍女が手引きしたということでした。

林　藤壺と光源氏もそうでした。寝取るという男性の行動は、女房の助けが欠かせないものですよね。

山本　きちんと掛金をかけている限り外から勝手に寝所に忍び込むことはできないよう

な造りになっていましたから、内にいる女性の手引きがどうしても必要になります。

林　そうすると、自分が召し抱えている女房たちとの信頼関係がなければ、望まない男を手引きされてしまうこともある。

山本　そうですね。その反対に、侍女がいい男性を紹介するということもありました。『落窪《おちくぼ》物語』のお姫様は継母にいじめられていたのですが、侍女に貴公子を世話してもらってからシンデレラストーリーが始まり、最後には太政大臣の北の方になる。この物語は侍女層が読者だったと推測されています。普段から侍女とは意思の疎通を図り、一心同体でいると、いつかは侍女が計らってくれるということを表しているのです。

林　『源氏物語』の主人公たちは、よく世間の目を怖がりますけれども、考えてみればみんな親戚ですよね。せいぜい四〇〜五〇人ぐらいのことではないですか。

山本　だから、噂は必ず広まります。世間の中にもいろいろな世間があって、親戚という世間、政治の舞台である貴族社会という世間、仕えている女房たちという世間も。

林　一番つらいのは、女房クラスにぐちゃぐちゃと言われることでしょうね。

山本　自分が見聞きしたことでなくても、喜んで言いふらす都の雀のような存在ですからね。「口さがない女房」という決まり文句があるくらいです。

林　そして、女房を中心としたネットワークが張り巡らされていた。

山本　寝殿造りの邸内は、布や紙の仕切りがほとんどなんです。だからこんなふうにおしゃべりをしていたら、現代にたとえるなら入院先で隣のベッドの声が聞こえるみたいに筒抜けでした。だからプライバシーを保つのが難しい。お姫様は部屋の中で暮らすしかないけれど、女房には横のつながりがあって、外の女房や下仕えに話を漏らしたり、職場を移った先で秘密を漏らしたりする。つまり、女房は世間から入り込んでいる他人で、噂話をつくって流布するのが大好きな人種。ですから、物語の女主人公たちは、ごく身近なところに世間の風があって、それにさらされて身動きが取れなかった。

林　社交生活があったわけでもなく、女主人は自分の世界から出ないのに、噂は巡《めぐ》りめぐって女主人のところまで戻ってきていた。

山本　当時は「世語り・噂・世のためし」などの言葉で、世間のスキャンダルになることを非常に恐れていました。それは自分が非難されたり、揶揄《やゆ》されることが怖いのではなく、そういう存在として伝えられていくことに対する怖さでした。

林　現代人の目で見ていると、『源氏物語』の世間は非常に狭いですね。

山本　歴史学研究者の朧谷寿氏によれば、貴族は紫式部が生きていた摂関時代の最盛期でも二百名程度、家族を入れても千人ほどということです。でもその世界で生きていくのは大変だったでしょう。姻戚関係を、しかも数代前のことまでしっかり頭に入れておかないと、失礼に当たりますからね。

林　なるほど、大変そうですね。

山本　貴族というのは、国家公務員全員に与えられる「位階」中でも五位以上を持っていた人を言いますが、紫式部のように曾祖父は公卿だったけれど父親は長く貴族に至れなかったという人がいます。何代か前にさかのぼれば高貴な家柄ですからプライドがあって、複雑な胸中を抱えてもいる。そうした「零落層《れいらくそう》」のような人たちが、貴族社会とその下の社会との境界にいます。それから皇族たち。今上天皇の親王や内親王だけでなくて、何代も前の帝の親王・内親王・その子たちといった人々もいます。彼らは臣下ではないという特別なプライドを持っています。ただ皇族は、摂政・関白や大臣のような政治を動かす役職には就けないことになっていました。ですから当然、日の当たらない宮家、零落する宮家も出てきます。

林　末摘花の父と母もそういう宮様でしたね。高貴なセレブであるはずの皇族だからといって、必ずしも裕福だったとは限らないのですね。

山本　当時の価値観では、血筋が天皇家や摂関家に近いことが絶対的でした。ですから、古い物語の主人公は天皇家の血を受け継いでいます。『伊勢物語』の在原業平は天皇の孫。『宇津保《うつほ》物語』の清原一族も天皇家の血を受けている。『落窪物語』の姫も母親がもともと皇室の出身。

林　そういうふうに言うと、受領階級だって血を受け継いで武士になり……。

山本　そうですね。鎌倉時代に源頼朝が武士の大将として北条氏に崇められるのは、源氏の高貴な血筋を引いていたからです。源とは、源流は天皇家にあるという名前ですから。その「貴種」という価値観が完全に変わるまでには何百年もかかっています。

林　宮中で働いていた女房たちは、今でいうところのキャリアクラスですよね。そんな女性にお手が付くということはなかったのですか。

山本　あったと思います。紫式部も、系図に「藤原道長妾」と伝えられていますね。

『紫式部日記』に、藤原道長とのいきさつが書かれています。道長が紫式部をからかって「お前は『源氏物語』を書いたから好きものだと評判だ、お前を口説かないで通り過ぎる男はいないだろう」と歌を詠む。紫式部は「私は人に口説かれたことなんかないのにどうして評判を立てられたのかしら、口惜しいわ」と返した。

林　夜、戸をたたくという有名なシーンがありますね。

山本　はい。夜、紫式部が渡殿《わたどの》で寝ていたら戸をたたく人があった。それが道長だとは書いていないのですが、直前の歌の件がありますから。

林　結局、口説かれたことを言いたかったわけですね。彼女はこの日記が後世の人々に読まれることを知っていたのでしょうか。

山本　知っていたと思います。文章に整えたということは、読まれることを想定していたのだと思います。

林　キャリア女房たちは、男の人たちに顔を見られていたわけですよね。

山本　儀式やパーティーのとき、それに日常でも移動の際など、男性に顔を見られる場面は多いですからね。その分、家にいる女性とは違う感覚を持っていたでしょう。女房にもいろいろありまして、『源氏物語』には、ずっと内裏女房として仕えてきて、五七、八歳になっている源典侍《げんのないしのすけ》という女性が出てきて、二〇歳前の光源氏と関係を持っています。極端な例ですけれども、女房にとっては貴種の人たちの手が付くということは一種の誉れ。ステイタスだったのですね。

林　女房たちは楽しそう。大学のチアガールのグループのところに、カッコいい運動部の男の子の一団がやってきて、戯れあったりしているような感じ。ほかの女の人たちにくらべるとずっとおもしろそうだと思いませんか？

山本　清少納言などは楽しいと思っていた口ですね。その一方で、お勤めすることは上品なことではないという価値観があり、生まれてこのかた一度もお勤めをしたことがないという人たちもいました。現代でもほんの二、三〇年前まではそうでしたよね？『JJ』の読者モデルでも職業「家事手伝い」というお嬢様が多くて。清少納言は『枕草子』に、「宮仕えする人を男性ははしたないというけれど、それは顔を見られるから仕方がない。けれども、お勤めするのは、やがて家庭に入って内助の功を発揮するためにもなる」と書いています。

林　父親にしてみると、宮仕えをすると、すれっからしになってしまうという不安もあったのでしょうね。

山本　ありましたね。でも公卿の娘ですら、断れずに女房勤めに出ることもありました。特に道長は、娘彰子の武器は良家のお嬢様であることだと思っていて、女房も良家のお嬢様を採用していましたから。

林　それは定子《ていし》に対抗するためですね。受領の娘に負けてなるものかと。

山本　定子の父道隆《みちたか》の正妻は、受領の娘で、しかも才女の内裏女房だったんですよね。彼は娘には后候補として頭のいい子が欲しかったらしい。結婚時自分自身がそれほどセレブでなかったこともあります。道長は父が摂政になって家柄がぐっとランクアップしてから、その貴公子として結婚しました。彼は頭のよしあしよりも血筋を重んじ、天皇家の血を引く左大臣　源　雅信《みなもとのまさのぶ》の娘の倫子《りんし》を選んだ。

林　それは、倫子のお母さんが、いろんな貴公子を見てきたけれど、道長は本当に見所がある、あれこそ婿にと進言した。それがきっかけですよね。

山本　そうですね。

林　それが後の『源氏物語』にまでつながるわけですね。

山本　道長もある時期になって、貴種である女房よりも才女が必要だと思ったのでしょう。それで紫式部に出仕を要請したのだと思います。紫式部にしても、もともと内向的な性格の上初めての女房勤めで試練も味わいました。が、やがては彰子の女房としてなくてはならない存在になってゆく。『源氏物語』も書きながら。頑張りましたね。

林　当時の女性としては珍しく、非常に強い意志の力と知性があったのですね。

十 源氏物語の舞台裏

優美な寝殿造りの住み心地はいかに？

風に揺れる御簾の向こうに垣間見える美しげなる女性の姿。高欄《こうらん》（渡り廊下・縁側の手すり）に背をもたれ物思いにふける上流貴族の若者。平安貴族の住まいである寝殿造りは『源氏物語』の舞台装置として優雅に描かれています。〝豪華〟という印象の強い寝殿造りですが、現実はいかなるものだったのでしょう。

寝殿造りとは、上流貴族だけが所有できた広大な敷地に、寝殿という母屋を中心としていくつもの建築物が配された平安貴族の邸宅です。南側に庭園を配し、水を引き入れて釣りをするところまでつくられたといいますから、そのスケールの大きさは想像を絶します。

母屋である寝殿は位の高い貴族ともなると、広さ約一二〇畳というなんとも贅沢な空間だったと言われています。この空間を、今で言うところの襖《ふすま》、屏風《びょうぶ》、几帳《きちょう》などで区切っていました。

寝殿には、物入れとなる塗籠《ぬりごめ》というスペース以外には壁がなく、固定された間仕切りがないのが大きな特徴。つまり大きなワンルームで、開け放てばほぼ「吹きさらし」でした。もちろん現代のような空調設備はありませんから、夏の暑さ、冬の寒さは相当にこたえたはずです。清少納言が書いた『枕草子』の中には、「蚊に悩まされた」という記述もあるくらいですから、おせじにも住みやすかったとは言えそうにもありません。

この寝殿の中で女房たちは、主人の居所を囲む廊下のような場所にスペースを与えられていました。夜ともなると、その辺に雑魚寝というようなありさまだったようです。主の部屋にしても厚い壁などはありませんから、もちろん声は筒抜け。主人の一挙手一投足もすべて女房たちに知られていたと言っても過言ではないでしょう。

『源氏物語』の中でも、寝殿造りに住む六条御息所が、女房たちの噂話にたびたび悩まされるシーンが描かれます。「今日は光源氏が来た。今日は来なかった」と女房たちがささやく声を聞きながら、プライドの高い六条御息所は自分の部屋でじっと耐えていたのでしょうか。ゴージャスに見える貴族の住まいですが、実情は意外とつらいものだったのかもしれません。

第四章

『源氏物語』はなぜ千年間読み続けられたのか？

『源氏物語』を読むなら原文？　現代語訳？

二〇〇八年に「千年紀」を迎えた『源氏物語』は、千年という命を永らえてきました。次の千年に向けて、『源氏物語』をどう読むか。物語は今、ひとつの岐路に立っているとも言えそうです。

山本　以前、ＮＨＫラジオの『源氏物語』特集に出たときに、宇治の町で、『源氏物語』を読んだことがあるかどうか聞くという企画がありました。生放送の二時間で五〇人に聞いた結果、読んだことがあるという人が三七人でした。

林　意外に多いですね。

山本　それは、源氏物語千年紀であり、ゴールデンウィークの宇治だったからでしょう。宇治平等院で千年前を偲《しの》ぶために観光に来られた方が多かったから。

林　東京の渋谷だったらそうはいかないでしょうね（笑）。

山本　それで、この三七人の中で、原文で読んだ方は何人ぐらいいたと思いますか？

林　三人か四人ぐらいいたのではないですか。

山本　私もそのように思っていたのですが、なんと、ゼロ。

林　あら。

山本　原文で読まなければわからないとおっしゃる研究者は多いのですが、実態として、読者はみんな現代語訳、あるいは漫画で読んでいるわけです。

林　なるほど。現代語訳でも、全部を読みきっていたとしたら、それはすごいことですよ。「若紫」の巻ぐらいまでは読むとしても、その後はどうかしら（笑）。読んだというのも怪しいもので、教科書で習ったことがあるだけかもしれない。

山本　それは考えられますね。本当に、全部読むというのは体力と根気と時間が必要ですから。

林　みんな、どこで力尽きるのかしら。瀬戸内寂聴先生の訳はすごく読みやすいし、おもしろい。田辺聖子先生の訳はなるほどこういう心理もあるのだなと思います。谷崎潤一郎訳は格調が高い。私は現代語訳をひととおり読んだら、次は原文を読みたいと思うようになりました。現代語訳で読み切るまで好きになったら、上の段階が必要になったという感じでしょうか。

山本　そういう順番でいいと思いますよ。『源氏物語』に愛着をもち、「もっと多くの人に読んでもほしい、そのためには現代語訳でも」と考えるおふたりですが、原文には原文ならではのよさがあります。そこに隠れているのは、古より脈々と受け継がれてきた感性のようです。

山本　研究者は、『源氏物語』の言葉を読んでほしいという思いを込めて、原文をすすめています。ですが、実態としては現代語訳、それも注釈やダイジェスト版などの役割のほうが大きくなっている。いや、ほぼ一〇〇パーセントそちらになっています。今後はそれを前提にして、研究者も読者への接し方を考えていかなければならないと思っています。

林　たとえば、声を出して原文を読んでいくと、明らかに違う世界に入り込んでいくことを感じます。特にそれは、名文と言われる「賢木《さかき》」です。六条御息所《ろくじょうのみやすどころ》のところに会いに行く場面は、流れるような言葉の美しさにあふれています。

山本　「遙《はる》けき野辺《のべ》を分け入りたまふより、いとものあはれなり」。この自然描写ですでに、もう恋人と別れるのだなということが読み取れます。

林　それこそ、私が好きなところです。

山本　「秋の花、みな衰へつつ、浅茅《あさぢ》が原も枯れ枯れなる虫の音に、松風、すごく吹きあはせて、そのこととも聞き分かれぬほどに、物の音《ね》ども絶え絶え聞えたる、いと艶《えん》なり」。

林　山本さんに読んでいただくと、ぞくっとするほどいいですね。

山本　たった四行しかないのですが、『古今和歌集』以前からずっと続いている和歌の記号のような表現が次々に出てきます。「遙けき野辺を」というところで、京という日常の世界が後退して、「野辺」という別の世界が目の前に広がる。秋の花もみな衰えているというのは、恋の終わりを意味します。「秋」で、咲き誇っていた花もみな衰えて、男が女に「飽き」る。和歌世界の常套表現です。そして、雑草が枯れ枯れの浅茅が原で虫の音も途絶え途絶え聞こえてくる。もう秋も終わりでお別れ、と死んでゆく虫の音です。そこにまた風の音が荒涼と聞こえてくる。すべて和歌の世界の伝統的なアイテムばかりで、四行で別れの場面のお膳立てを整えています。

林　内容も語感も素晴らしい、まさに名文ですね。

山本　読者はここで「あぁ、ふたりはとうとう別れるんだな」と心の準備をするわけです。そして、予想したそのままのことがここから展開されていく。林さんもおっしゃったように、目の前に情景が浮かんでくるようないい文章になっています。『源氏物語』にはそういう部分がときどき出てきます。

林　そのよさは、原文でないとわからないところですね。

山本　原文のほうがいいところもありますが、一般の人には難しいことですよね。この前、とあるシンポジウムで『源氏物語』の原文をどのように朗読するかという話を聞きました。それにはまず、内容が全部頭に入っていなければならない。内容と言葉が頭に入っていないと、どこで切ればいいのかわかりませんから。

林　声に出して読むのがいいと言われても、私などはつっかえつっかえで、すぐ嫌になってしまいますから。

山本　難しいですからね。

林 そのような名文を読んでいると、現代の恋愛と似ているとか、変わりがないとか、そういう論評が空しく思われてきます。やはり「源氏物語」はすごいですね。これほど時が離れていて、当時は王宮というものがあり帝がいて、男女のあり方が違っているにもかかわらず、生き続けているのですからね。

十一 源氏物語の舞台裏

鎌倉時代や江戸時代の人たちも『源氏物語』に熱狂したのか?

『源氏物語』は、世界一のロングセラー小説であると同時に、世界最大のベストセラー小説でもあります。一〇六〇年ごろ記されたとされる『更級日記《さらしなにっき》』(菅原孝標女《すがわらのたかすえのむすめ》作)には、上京して叔母から『源氏物語』五〇余巻をもらった作者が狂喜乱舞したエピソードが出てくることからも、この時代、平安貴族の姫君たちの間で既に『源氏物語』がベストセラーであったことがわかります。孝標女がもらったのは叔母の「お下がり」の写本でしたが、写本は大変高価なもので、現代でいうなら高級宝飾ブランドのダイヤモンドにも匹敵するような高額品。人々はそれを回し読みしたり、読み聞かせで楽しんだりしたのだといわれています。

『源氏物語』はその後も、公家社会の中で人気を博し続けます。十一世紀中頃、『狭衣《さごろも》物語』をはじめとして、さまざまな物語が生まれたのはその影響から。また十二世紀になると『源氏物語絵巻』などの〝ビジュアル版源氏物語〟が生まれるなど、人気はとどまるところを知りませんでした。鎌倉時代には当時の知識階層にとって『源氏物語』があこがれの書であったことが、『徒然草』からも読み取れます。また、室町時代に入ると、葵の上や浮舟、夕顔など『源氏物語』の登場人物が能の題材として使われました。

そんな『源氏物語』が平安時代以来の一大ブームを巻き起こしたのは、江戸時代初期。版木を使い、それまでの写本とは比べものにならないほどの部数を刷れるようになったこともその一因でした。江戸や大坂の大店の子女たちの間で、『源氏物語』を読むことが一種の教養として流行したという記録も残っています。さらに江戸時代後期、柳亭種彦の『偐紫田舎源氏《にせむらさきいなかげんじ》』は『源氏物語』のパロディとして、記録的大ベストセラーになります。『源氏物語』の登場人物名を拝借し、応仁の乱後のお家騒動をテーマにしたこの作品は、あまりの人気ぶりに、人心を乱したとして天保の改革で処罰されるほどでした。

平安時代中期一〇〇〇年頃に記された『源氏物語』は、このようにして平安、鎌倉、室町、江戸と貴族社会、武家社会、町人社会に広く読み継がれ、明治の世へと受け継がれます。現代女性が、恋愛小説や恋愛ドラマ、果ては恋愛コミックに夢中になるがごとく、いつの時代にも、若き娘たちは『源氏物語』に熱中し、むさぼり読んできたのです。

なぜ『源氏物語』は千年も生き続けたのか？

同じ作家として、紫式部の構成力と描写力には舌を巻くという林さん。おふたりの考察は、この物語が千年という時を超えて読み継がれた理由へと迫っていきます。

林　今から千年も前に、はからずも日本の女性作家が、その後に生み出される数多くの恋愛小説の先駆的作品を書いていた。『源氏物語』のことを知れば知るほど、驚きを新たにしています。

山本　だからこそ古典なのですね。古典というのは千年経っても変わらない普遍性があるということ。男女関係の典型が書かれていたわけです。

林　『源氏物語』について、嫉妬や苦しみは現代も千年前の人もちっとも変わらないということがキャッチフレーズのようになっています。しかし、実際に読んでみますと、やはり違います。「ほら、現代人と変わらないでしょう」というのは、『源氏物語』をあまりにも安くセールしているような気がします。第一に、一夫多妻という結婚制度における女性の心のあり方は、絶対に今と違います。

山本　社会も制度も異なっていますからね。

林　千年前ですと、他の国にはどのような文学作品があったのでしょう？

山本　神話や叙事詩などはあったのですが、『源氏物語』のようなリアルな長編物語はまだありませんでしたね。

林　日本ではその前に『竹取物語』がありました。

山本　あれはファンタジーに分類されるもので、ひとりの作家が書き上げたリアルな小説とは違います。

林　世界で最初のリアル物語ですか。ところで『源氏物語』の研究というのはどのようなことをしているのですか。

山本　まず、今回発見された「大沢本」のような『源氏物語』の本文の研究。写本を徹底的に調べて読み合わせて、それぞれの本の特徴を分析したり、系統に分けたり。それから、言葉の研究です。『源氏物語』に独特な言葉や表現、それから「賢木」にあったような和歌の表現の利用なども。他の物語との影響関係や、漢詩・漢文の世界からの影響も活発に研究されています。また、物語が持っている思想の研究。「思想」というと難しいのですが、要するにどのような考え方が底に流れているかですね。ほかにも歴史との関わりとか、人物論とか。『源氏物語』の中には貴族の嗜みとして音楽や香や絵などの芸事についても記されているので、それらについても研究があります。一度など学会で、『源氏物語』に描かれている平安時代の琴（きん）の演奏を発表者が再現するのを聴いたこともありました。『源氏物語』は後代に大きな影響を与えているのでそれらも含めたら、テーマはあふれるほどあって研究が続けられています。

林　江戸時代にも『源氏物語』は盛んに読まれていたのですか?

山本　はい。和歌や俳諧をつくるには必需品でしたので、版本が出されて一般に普及していました。版本とは、一ページ分ずつを版画のように版木に彫って刷《す》ったものです。これなら一度に大量に印刷できますよね。中でもベストセラーになったのは、全編にわたって二百以上の挿絵が入った『絵入り源氏物語』。また、詳細な注が入った北村季吟《きぎん》の『湖月抄《こげっしょう》』です。ダイジェスト版の『十帖源氏』や、さらに短くした『おさな源氏』といったものもあります。

林　一般の人というのは町人ですか?

山本 和歌や俳諧を嗜む人々ですから、町人もいましたし、武士階級も。古典が好きな女性もたくさんいたようです。

林 読者は女性が中心ですか？

山本 男女を問わず読んでいました。それから、読んだかどうかはわかりませんが、何となく知っているという層も多かったと思います。たとえば遊郭の女性が『源氏物語』から名を取って「夕霧」と名乗ったりしていますね。また『源氏物語』を題材にした浮世絵も摺《す》られてよく売れたようですが、誰もが原作を読んで買っていたのかどうか。この楽しみ方は現代と似ています。ただ、江戸時代には江戸時代特有のものの考え方があって、いわゆる封建社会ですから、儒教道徳が人の心を支配していました。『女大学』などがよく知られていますね。『源氏物語』にも婦女子の教育に沿った読み方がされていました。たとえば空蟬は一度は身を許したけれども、悔いて身を固く守った貞女であった、というような。それに対して本居宣長《もとおりのりなが》は、道徳でなく人の心や「もののあはれ」を読むべきだと言った。これは決して当時の主流ではなく、画期的な発言でしたし、また既成概念を打ち破ったという意味では問題発言でもあったでしょう。

林　教養書として読むのではなく、文学作品として読めという画期的な見方が出てきた。ここから「あはれ」の文学として『源氏物語』が読まれていくのですね。

山本　中世には、紫式部は『源氏物語』という虚構、つまり嘘の物語を書いたので地獄に落ちたという伝説がありました。かと思えば、そうではなくて紫式部は菩薩の化身で、人の世の無常を知らせるためにこの世に現れて『源氏物語』を書いたのだ、とも。その時代その時代に、時代を支配した思想の中で『源氏物語』が理解されてきた、という面があるのです。その中で本居宣長の読み方が現代につながるものだ、ということでしょう。要するに、汲めども尽きぬような深さと魅力、そして影響力が『源氏物語』にはあるということの証明にほかならないのではないでしょうか。

一流作家たちはなぜ『源氏物語』の訳に心血を注いできたのか?

明治二〇年、二葉亭四迷《ふたばていしめい》によって著された『浮雲《うきぐも》』は現代小説の萌芽《ほうが》ともいうべきものでした。話し言葉で書かれたこの小説は言文一致体小説の先駆けとなり、これ以降人々は口語体で書かれた文章で物語を楽しむようになるのです。このことは『源氏物語』が読まれる環境に、大きな変化をもたらすこととなります。文語体を理解できない人が一般的になったことで、原文で楽しまれてきた『源氏物語』は、そのままでは読まれなくなったのです。しかし、それがきっかけとなって与謝野晶子に始まる現代語訳(明治四五年から)が登場します。現代語訳は、単に口語体に替えるだけでなく、一流作家による解釈、ときに演出が加えられ、現代人の想像力を最大限にかき立てる手法によって、新たなる『源氏物語』のファンを生み出すことになったのです。

近代以降の『源氏物語』現代語訳で、最も有名なのが谷崎潤一郎訳です。その文学性もさることながら、戦前の軍国主義下の出版であったこともあり、藤壺の密通エピソードを「自粛」して削除し、出版にこぎつけました。『源氏物語』が天皇中心の貴族の物語でありながら、奔放な恋愛事例を含み、タブーとされる部分も少なくなかったようです。

戦後、再び現代語訳は、盛んに出版されるようになります。〝円地源氏（円地文子訳　新潮文庫）〟〝田辺源氏（田辺聖子訳　新潮文庫）〟〝橋本源氏（橋本治訳　中公文庫）〟〝寂聴源氏（瀬戸内寂聴訳　講談社文庫）〟と愛称と敬称を込めて呼ばれる、これら現代の一流作家たちによる訳は、さらなる『源氏物語』ブームへとつながります。

ある調査によると、『源氏物語』を読み通したことがあるという人の中で、原文で読んだことがある人は、研究者を除いてごく少数だとか。現代社会にあっては『源氏物語』を原文で読めというほうが無理な話。『源氏物語』の文学としての神聖さにこだわるあまり、原文で読むことを絶対視するならば、早晩『源氏物語』は、研究者以外誰にも読まれることのない〝博物館の中の文化財〟になってしまうはずです。それでは、平安以来千年も、読み継がれてきた歴史が潰えてしまうに違いありません。私たち平成の時代を生きるものは、新たな時代に適合した現代語訳を生み続け、『源氏物語』を読み続けるという文化自体を、次の時代に引き継いでいく責務があるのではないでしょうか。

結論、『源氏物語』はなぜこんなに面白いのか？

二〇〇八年九月より雑誌『和樂』にて、『源氏物語』を題材にした小説の連載を開始した林さん。読めば読むほど『源氏物語』の奥深さに圧倒されているのだとか。

林　千年前の原文を読んでいると、本当に難しいところに当たります。今の感覚に似ているところもあるけれど、似てないところのほうがずっと多い。

山本　おそらく、別れの辛さや結ばれたうれしさなど、単純な感情の部分は同じだろうと想像できます。しかし、その周りをくるんでいた文化が違いますからね。

林　そう、違いすぎます。

山本　宮廷という環境も違えば、微細な感情の部分まで全部が違う。「賢木」の名文も、当時の人たちは和歌の心得があったから、やがてこの男女が別れることが言葉でわかる。しかし現代人がこのような細部まで理解するには、膨大な説明が必要になります。わからないとそれが障壁になってしまいますから、『源氏物語』を現代の読者にもわかるものにするか、わかりにくい文化遺産のままにするか、今の研究は大きな分かれ道にあると思います。

林　発見があって新しい学説が生まれてくる。研究者でさえそうなのですから、私たちにとっては発見ばかり、読めば読むほど見えてくるものがあります。

山本　『源氏物語』の研究史は本当に長くて、古い説にも興味深いものがあります。でもときには時代の変化のために読み違えた説が生まれて、その上に読みが積み重ねられることもあります。そんな過去の説を常に見直して『源氏物語』の正しい理解に近づこうとする作業が大切です。

林　『源氏物語』の研究者は江戸時代からいたのですか？

山本　『源氏物語』は、成立の百年ばかり後にはもう最初の注釈書『源氏釈』がつくられて、研究が始まりました。平安時代の末ですね。登場人物相関図「源氏物語古系図」なども同じころです。『源氏物語』は男性の鑑賞にも堪える、特に和歌を詠む際に手本となるという評価を受けたからです。言葉の意味、和歌の意味、そして登場人物のモデル論など、当代一流の公家や歌人が研究を続けて、説を伝授してきました。ただ中世まで、『源氏物語』の研究は一部の公家に集中していました。写本の数も少なかったから、読む人も限られていました。それが、江戸時代になると版本が普及して一般の人も読めるようになり、源氏を知りたいという人が爆発的に増えます。それに応えたのが、江戸時代の源氏研究者たちでした。そのときでさえ、物語の成立から何百年も経ち、わからないことが多々あったため、彼らは彼らなりに一生懸命研究したわけです。本居宣長などはその一番の成果だったといってよいでしょう。

林　『源氏物語』にとって一番の受難のときは戦前ということになりますか？

山本　私は、むしろ今ではないかと考えています。戦前の一時期のように読むことが禁じられたり自粛されたりすることはない代わりに、「空洞化している」という危機感を持っています。誰もが知っている、でも誰も読んだことがない。でも憧れる。高校教科書に載せられているということが救いですが、教科書にエッチなシーンは御法度なので、「桐壺」と「若紫」の巻ぐらいです。

林　「空蟬《うつせみ》」なんかやってほしいですよね。「玉鬘《たまかずら》」も。

山本　そんなことしたら、子どもたちに悪い影響を与えると思われているのではないですかね（笑）。『源氏物語』の本質は教室の集団授業の中で教えるものではないと思いますよ。授業でおもしろみに気付いた子が、自分の意思でひとりで読めばいい。そのほうが自分の心で受け止められるでしょう。

林　『平家物語』もおもしろいのですが、『源氏物語』ほどに愛されていませんね。

山本　それは武士の物語だからでしょう。『源氏物語』が愛され続けてきたのは、戦乱の世にあっても、天皇家をはじめ、近衛家《このえけ》などの公卿《くぎょう》が江戸時代まで、この物語を大切に守り続けてきたからです。それは『源氏物語』に書かれているのが天皇家や摂関家といった公家文化の頂点の記録であったからです。『平家物語』を自分たちの遺産として天皇家が守る理由はない。また、『源氏物語』当時の平安京が失われてしまったことも重要です。『源氏物語』は一〇〇八年頃に制作されましたが、一一五九年の平治の乱で京都では市街戦が展開され、その後は大地震や都移りがあり、平安京の面影はどんどん失われていった。そんなことから、『源氏物語』が美しき都をしのぶ文化遺産となったのです。

林　なるほど、文化的な面から考えると、『源氏物語』はそれほど大きな存在であったというわけですね。

山本　第二次世界大戦で焼け野原になった東京を例にすると、失って元に戻らないものもありましたが、再興にそれほど時間はかかりませんでした。しかし、平安京の場合は、焼失後に武士が台頭し、政治権力が幕府に移った。天皇を頂点とする朝廷や公卿たちの心のよりどころは『源氏物語』だけになってしまったという側面があります。だからこそ、愛され大切にされてきたのです。

林　鎌倉時代になると、小説も衰退してしまったそうですね。

山本　王朝への憧れは強かったので、たくさんの物語がつくられました。が、現在まで伝わらないものがほとんどです。私は中世史の専門家ではないので詳しくはわかりませんが、やはり宮廷サロンのお后たちが文化度でしのぎを削り、それを実家が総力を挙げて後援するという摂関政治が消えたことが大きな理由ではないでしょうか。『源氏物語』に直接影響を受けた物語はいくつもつくられていて、「擬古《ぎこ》物語」と呼ばれています。薫的な人物が好まれるようになり、優柔不断な主人公の悲恋がパターンです。

林　「いにしえをなぞらえる」ですか。

山本　和歌で有名な藤原定家も『松浦宮《まつらのみや》物語』を書いています。

林　それ、おもしろいですね。定家までが。

山本　定家作ではないという説もありますが。主人公が唐にわたって恋に落ちる、スケールの大きなファンタジーですよ。戦乱や輪廻転生《りんねてんしょう》という要素もあって、盛りだくさんです。戦乱場面などは、定家の生きた時代だからこそ実体験としてイメージがあって書けたのかもしれません。しかし、和歌ほどには真剣に書いていないのでしょうか。筆の赴《おもむ》くままに書いたようにも思えますね。

　おふたりの対談は、いよいよ佳境へと進んでいきます。ここでは、林さんが同じ小説家でなければわからない『源氏物語』と、それを書き切った紫式部のすごさについて語ります。

林　私が小説家として見て、『源氏物語』がすごくうまくできているなと思うのは、物語に伏線があって、因果関係が実になめらかに結ばれているという点です。あることが起こると、それがさまざまな物語へとつながっていく。

山本　六条御息所の話にしても、もしも彼女の夫であった皇太子が亡くならなければ、彼女は皇后になっていたかもしれません。そんな女性だからこそ、生霊になって夕顔や葵の上にとりついて呪い殺すという話も、がぜん現実味を帯びてくるのです。そして、そのことをその場の状況だけで読者に想像させてしまうテクニックも素晴らしい。

林　加えて、紫式部は登場人物をひとりひとりきちんと書き分けている。登場人物のディテールを書くことも作家の才能だと思うのですが、さらに彼女のすごいところは、物語の中心に紫の上という太い線を置いたところです。いろんな女の人といろんなことをするけれども、物語には一本の大きな幹がある。『源氏物語』は、紫の上の成長の歴史とともにストーリーが進んでいくのです。

山本　紫の上と光源氏がかかわるきっかけは、藤壺でした。どうしても藤壺のことが忘れられない光源氏は、京都の北山に行ったとき、そこで偶然、若紫（紫の上）を垣間見るのです。その後、光源氏は藤壺と密通をして、彼女は懐妊してしまう。世間は帝の子供を身ごもったと思うわけですから、これは大変な罪です。以後藤壺は光源氏を拒絶する。光源氏はしぶしぶあきらめる。

林 それから源氏はどうしたかというと、若紫をさらうわけですよね。

山本 つまりは藤の花のゆかりで紫の上を迎える、紫つながり。

林 この、紫の設定は見事ですね。

山本 本当にすごい。

林 物語の幹をつくって、枝葉のようにいろいろな女の人を配置しているから、筋がぶれない。

山本 それが『源氏物語』を壮大な交響曲たらしめている大きな理由なのかもしれません。

林 私は今回、『源氏物語』をテーマにした小説を書くにあたって、現代語訳をひととおり読みました。その後、原文を読んでいるのですが、読めば読むほど、この小説の奥深さを思い知らされます。紫式部は、主要でない登場人物にしても、それぞれの人生をていねいに描いています。誰ひとりとして、その人生をおざなりにしていないのです。

山本 恋物語だけではなく、政治的なことを匂わせながら、普段は見ることができない宮中の行事を紹介したりしているのもまた魅力ですね。しかもそれが、流麗な文章でつづられているのです。

林　当時の読者は彼女が新しい帖を書くのを、どれほど待ち焦がれていたことでしょう。

山本　催促されたということもあったでしょうね。

林　『源氏物語』には、小説がもつおもしろさや魅力がすべて凝縮されていると言ってもいい。

山本　だからこそ、今日にいたるまで連綿と、千年の時を超えて読み継がれてきたのでしょう。

林　そうですね。実は、私の中では今、『源氏物語』の世界がどんどんふくらんでいます。

山本　くり返しになってしまいますが、私たちは『源氏物語』を、博物館にある文化遺産にしてはいけないと思っています。ですから、林さんのような小説家の方が、ご自分の言葉で、新しい物語を書かれることは、『源氏物語』の発展に欠かせないことです。

林　こうやって『源氏物語』のことをうかがっていると汲《く》めども尽きぬといった感じ

で、時間がいくらあっても足りないくらい。

山本　林さんはこれから『源氏物語』に挑戦していかれるのですよね。

林　今その入り口に立ったところでして、これから三年間、まだまだ勉強しなくてはいけないことがいっぱいあります。

山本　読者として私は、『源氏物語』の新しい世界が開けるのではと、今から楽しみにしています。

十三 源氏物語の舞台裏

尽くす女に、プライドの高い女……『源氏物語』の女君たちは現代女性の心の縮図

『源氏物語』の最大の魅力は、なんといってもキャラクター豊かな登場人物にあります。特に光源氏と関係を持つことになる、女君たちの人物像は実に多彩で、『源氏物語』に熱狂する女性たちをとらえ続けた理由が、ここにあるといわれています。いつの時代にも、自らの境遇を登場人物に投影し、ともに悩み、共感しながら読み継いできたのです。

お嬢様育ちで気位の高い葵の上、表だった感情を押し殺し生霊にまでなる六条御息所、男に尽くすタイプの紫の上……。数多の登場人物たちは、私たちの身の回りの現代女性にも通ずる心の動き、悩みを持っていることがわかります。

さて、あなたはどの女君に似ているのでしょうか？　あなた自身も気づかない自分の中に眠る、〝女君の部分〟を、左ページのテストで調べてみてください。そして、千年の時空を超えて、自らをその女君に当てはめ、もう一度『源氏物語』を楽しんでみてください。今までとは違った、新たなる発見があるかもしれません。

あなたはどのタイプ？　『源氏物語』女君テスト

あなたの中に眠る、自分では気づかない女君のタイプ（性格や権力志向など）を解き明かします。さあ、スタート！

YESの人は⇦　NOの人は⬅に進んでください。

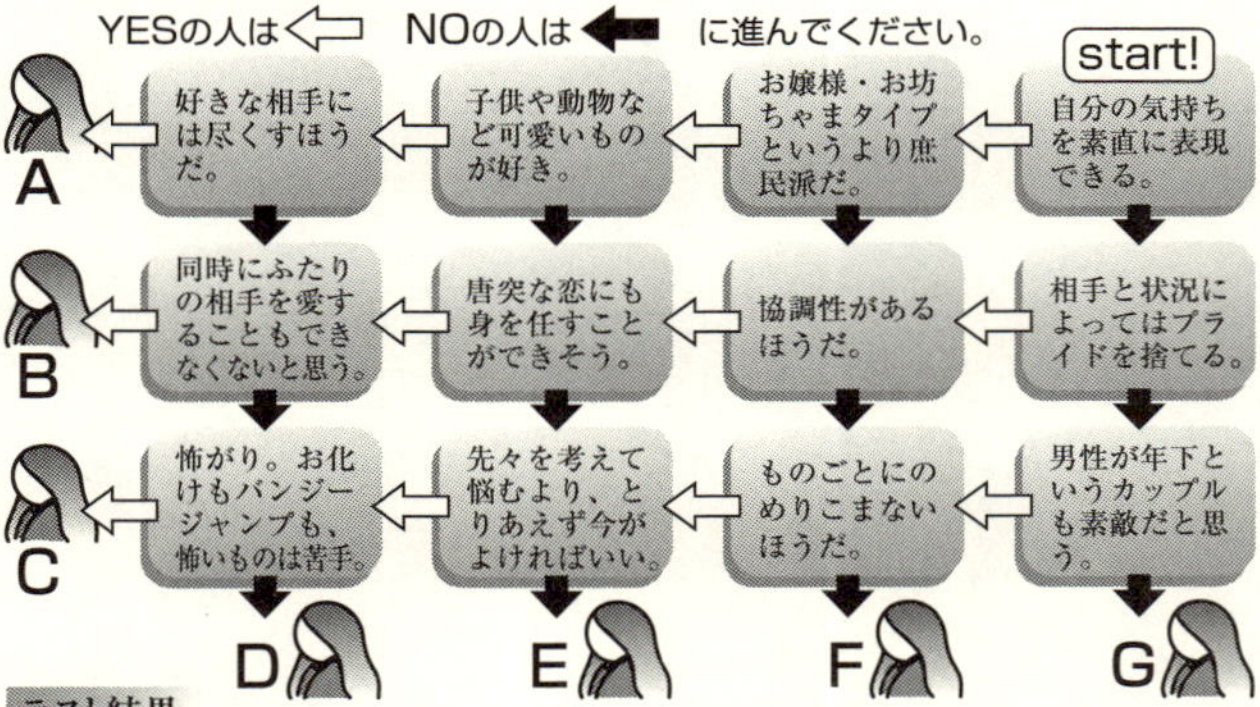
start!
自分の気持ちを素直に表現できる。
お嬢様・お坊ちゃまタイプというより庶民派だ。
子供や動物など可愛いものが好き。
好きな相手には尽くすほうだ。
A
相手と状況によってはプライドを捨てる。
協調性があるほうだ。
唐突な恋にも身を任すことができそう。
同時にふたりの相手を愛することもできなくないと思う。
B
男性が年下というカップルも素敵だと思う。
ものごとにのめりこまないほうだ。
先々を考えて悩むより、とりあえず今がよければいい。
怖がり。お化けもバンジージャンプも、怖いものは苦手。
C
D
E
F
G

テスト結果

Aの人 紫の上 タイプ	無邪気で素直、どんな色にも染まるあなたは、素敵なパートナーに導かれればどんどん自分を磨き、最高の女性になることができます。周りへの気配りも十分。人に好かれる人生を歩むことでしょう。ただ、人がよすぎて都合よく使われることにだけは注意して。 ラッキーアイテム：小鳥と鳥かご
Bの人 朧月夜 タイプ	基本的にお嬢様なのになぜか危険な道を選んでしまうのがあなた。スリルの味が忘れられないのでしょうか？　同じように危ない恋を楽しめる相手とは、相乗効果で転落のおそれも。穏やかに癒してくれる異性をキープしておけば安心ですが、その人の気持ちも考えて。 ラッキーアイテム：扇、なければ扇子でも
Cの人 夕顔 タイプ	柔和で優しく、人の言うことにすぐ従ってしまうあなた。かよわい雰囲気を好む男性からはモテモテです。が、そのため女性からいじめられることも！「振り回され人生」には悲しい結末が待っています。そうなる前に、「NO！」という努力を。 ご用心スポット：ミステリーゾーン
Dの人 浮舟 タイプ	なぜかみんなから色々なことを要求されたり、いつの間にか人に利用されていたり、人間関係に巻き込まれたりというあなた。しかしそれは、あなたが成長するための試練なのです。一見ひよわに見えるあなたですが、きっと強い自分にたどり着きます。 ご用心スポット：流れの早い河
Eの人 藤壺 タイプ	完璧で、人の心をとらえて離さないあなた。ストーカーにだけは要注意です！　とはいえ、完璧なあなたはどんなに傷ついたりつらいことがあったりしても、やはり完璧に乗り切り、乗り越えることができます。子供や部下などからも慕われるタイプです。 ご用心スポット：たまに里帰りした実家
Fの人 六条 御息所 タイプ	本当はすごく情熱的なのに、人目を気にして気持ちを抑えたり、かっこよく装ったりしていませんか？　プライドが傷つけられた時が心配。思い切って生霊にでもなっちゃえばすっきりなんて思っていませんか？　いえいえ、心に無理は禁物です。 ラッキーアイテム：伊勢神宮のお守り
Gの人 葵の上 タイプ	典型的なお嬢様。欲しいものがいつも与えられてきたせいか、人とのコミュニケーションが不得意のようです。好きな人が年下でも全然構わないではないですか。本当は愛情あふれる心の持ち主。普段は少し臆病で人を遠ざけているだけです。素直になりましょう。 ご用心スポット：お祭の行列の沿道

テスト作製／山本淳子

あとがきに代えて❖ほんとうにあった『源氏物語』

文・山本淳子

純愛は罪だった

『源氏物語』の背骨はリアリズムにある。それはすでに物語冒頭、光源氏の父・桐壺帝と母・桐壺更衣のエピソードにおいて、はっきり打ち出されていることだ。『源氏物語』が書かれた時代、現実にこうした愛の悲劇を味わった帝と后妃がいたからだ。「いづれの御時にか、女御・更衣あまた候ひたまひける中に、いとやむごとなき際にはあらぬが、すぐれて時めきたまふありけり。」（「桐壺」冒頭）

多くの后妃の居並ぶ中、光源氏の父・桐壺帝が愛したのは、父を亡くし政治的後ろ盾のない桐壺更衣だった。他の后妃の嫉妬と羨望、貴族たちの批判を受けて、帝と更衣は愛し合いながらも孤立する。やがて二人の間には、宝石のように美しい皇子、光源氏が生まれるが、彼が三歳の時、母は病で死ぬ。多くの人から恨みを買い、精神的ストレスを募らせた結果だった。

現代の私たちの目には、桐壺帝と更衣の愛情は美しい純愛で、彼らをとりまく貴族社会は策謀に満ちた醜いものと映るかもしれない。だが、それは逆だ。平安時代の常識にあっては桐壺帝こそが掟破りだった。

平安時代、帝は確かに多くの后妃を妻とすることが認められていた。だがそれは、彼の欲望を満たすためではない。次代の皇位継承者をこの世に生み出すためだ。子作りは帝にとって公務、それもいちばん大切とも言える国家的責務なのだ。さらにその子供も、誰が産んでもよいという訳ではない。天皇となったとき、政治的後ろ盾が十分にあり、他の貴族たちの賛同を得て国の政治にあたれるような子であることが望ましい。簡単に言えば母の実家の勢力が強いということである。

もしも後ろ盾のない人物が天皇の座に就けば、政治の不安定を招く。そうならないためにも、帝は后妃を実家の勢力に応じて寵愛し、できるだけ強い実家の血を継ぐ男子を作らなくてはならなかった。これが「後宮経営」というものだ。帝の愛や性は、彼のものではない、国家や社会のものだった。その意味では、帝の純愛は社会への罪だったと言ってよい。

だが、そこは帝も人間だ。恋愛感情は、自分の意志で動かそうとしてもなかなかできるものではない。当然とも言えるが、桐壺帝と同様に後ろ盾のない后妃を溺愛《できあい》して世間を動揺させた天皇が、歴史上何人か実在する。その中でも最も注目すべきは、『源氏物語』誕生のまさにその時帝位にいた、一条天皇だろう。

一条帝と皇后定子

このことについては、以前に自著『源氏物語の時代――一条天皇と后たちのものがたり――』で詳しく述べた。紫式部が『源氏物語』の執筆を始めたのは、彼女が夫を亡くし、人生の哀れと無常を思い知った長保三（1001）年から一、二年の間のことである。一条天皇の事件は、その実に直前の数年間に起こったことだった。相手は中宮定子《ていし》。清少納言が仕え、その知性と美しさを『枕草子』に書きとどめる女性である。

『枕草子』に見える姿からは、定子には桐壺更衣に重なるところがあるようには感じられない。だが彼女は、十年間の結婚生活のうち後半の五年においては、「いとやんごとなき際にはあらぬ」、しかも后としての正当性にすら疑問の声をあげられる存在だった。理由は、関白だった父が死んだこと、兄弟が天皇家を貶《おとし》めるような犯罪を起こし一家が没落したこと、そして自分自身が何と出家してしまったことである。ちなみに、この一家に代わって台頭したのが藤原道長だったため、ことは道長の謀略であるかのように言われることもある。だが史料によれば、父親は酒好きがたたって持病の飲水病（糖尿病）を高じさせて死に、兄弟は父を継いで最高権力者の座に就くことができなかった憤《ふん》懣《まん》からあらぬ方向に自滅し、定子の出家はこれらの不幸に絶望したため衝動的に髪を切ったというものだった。彼女が折しも天皇の第一子を妊娠中だったことを考えれば、気の毒だがこの行動は立場をわきまえない早計としか言いようがない。

だが一条天皇は定子に深い愛情を抱いていた。出家から約一年後、彼は彼女を京中の邸宅から引き取り、復縁させた。これは定子付きの役人たちと天皇との間で周到に運ばれた計画であるらしく、役人たちは貴族に向け、中宮は実は出家していないと主張した。だがそんな言い逃れが通用するはずもなかった。「天下甘心せず（誰が甘く見るか）」とは、この頃公卿の一員であった貴族が日記に吐いた一言である。

桐壺帝と実在の一条帝が重なるのはここからだ。父を亡くし、実家の没落した后。しかも一時は出家さえしている。その定子を一条天皇は全力で守り愛した。だが世間の二人を見る目は冷たかった。定子はやがて嫌がらせやいじめを受けるようになり、道長の娘・彰子《しょうし》の入内《じゅだい》が決まってからは風当たりがいっそう強くなった。彰子の入内直後に定子は一条天皇の第一皇子を産み、貴族社会の緊張は高まる。だがそれは長続きしなかった。長保二（1000）年十二月、定子は一条天皇の二女を出産して、そのまま帰らぬ人となってしまったのだ。二四歳の若さだった。

一条天皇は決して奔放な天皇ではなかった。道長ら貴族との協調の上で国政を動かす彼は賢王との評価も受けていた。だがその彼にして抑えられなかったのが、心から愛する一人の人への激情だった。これは貴族社会全体を数年にわたって動揺させた、歴史的事件である。

『源氏物語』のリアリズム

とはいえ、現実の一条天皇や定子が紫式部に与えたものは、ヒントやモデルなどといった表層的なものではなかったと、私には思える。それは一言でいえば、人生とは何か、愛とは何かといった根本的な問いかけではなかったろうか。というのは、帝が定子を喪ったほんの五ヶ月後に紫式部が夫を喪っているからである。雲の上の人であろうと、人の数にも入らぬ自分であろうと、人は誰しも人生という逃れ難い苦を生きている。自ら試練を経て、紫式部はそうした人間観に行きついたのではないか。

『源氏物語』が世に出た頃、一条天皇の事件は、少し前に起きた誰もが知る出来事だった。「桐壺」を読めば誰もが一条天皇との相似に気付いたことだろう。だがこれが実在の天皇家への不敬にあたるかといえば、そうではない。『源氏物語』では、桐壺帝が更衣に産ませた光源氏は早くから「源氏」、つまり臣下とされ、皇位継承争いから降りている。だが現実は違い、定子が産んだ敦康《あつやす》親王は臣籍《しんせき》に下らなかった。寛弘八（1011）年に一条天皇が位を降り後継者が彰子の産んだ二男と決まるまで、親王には即位の可能性があった。彼の緊張を孕《はら》んだ生は、光源氏のものとは全く異なる。『源氏物語』はすぐに現実の事件を離れ、独自の物語を語り出したのだ。

不敬の問題とは別に、紫式部が定子の敵方とも言える彰子の女房に抜擢され、彰子自身も『源氏物語』を読んでいることに違和感を持つ方もいるかもしれない。が天皇の過去の恋は周知されており、物語という軽い娯楽のことでもあったので、今更目くじらをたてるでもなかったのだろう。彰子は定子の死後敦康親王を引き取り、愛情を持って育ててさえいた。それにしてもこのように思って読むと、一条天皇が『源氏物語』に親しんだという『紫式部日記』の記事はいっそう興味深い。彼は何を感じつつこの物語を読んだのだろう。

『源氏物語』はリアリズムの物語だ。だがそれは、設定や出来事が歴史上の事実をなぞっているということではない。登場人物の心がリアルなのだ。桐壺帝と更衣は、一条天皇と定子そのものではない。ただその愛し執着する心が、事実に酷似してリアルなのだ。その意味でリアリズムとは、普遍性といってもよいだろう。私たちが時代を超えて『源氏物語』に共感するのも、この物語に見える人間の普遍性の部分に揺り動かされるからにほかならない。「ほんとうにあった源氏物語」、それは私たちの心に「ほんとうにある源氏物語」かもしれないのだ。


最後に、この新書を世に送り出すにあたっての思いを述べさせていただきたい。それはできるだけ多くの方に古典文学を読む感動を味わっていただきたいという一言に尽きる。

『源氏物語』に心を震わせることで、私たちは時を超えて紫式部や平安の読者達とつながる。また、この物語を愛したすべての時代の人々とつながる。私たちの命ははかなく、一人ひとりは分断されて孤独だが、共感は時代を超える。そのように人を癒す力が、古典にはあるのだ。

気が向いた時でいい。気軽に手にとって開いてみていただきたい。『源氏物語』は、いつでもあなたを待っている。

参考文献（コラム）／
『源氏物語事典』（大和書房）
『源氏物語を知る事典』（東京堂出版）
『源氏物語入門』（角川選書）
『もっと知りたい源氏物語』（日本実業出版社）
『源氏物語を楽しむ本』（主婦と生活社）
『新編日本古典文学全集　源氏物語』（小学館）
『平安時代史事典』（角川学芸出版）

写真提供／三重県立斎宮歴史博物館「源氏物語絵巻」

構成／山本毅

オビ、章扉、コラムレイアウト／ベターデイズ

林真理子
はやしまりこ

'82年、『ルンルンを買っておうちに帰ろう』が大ベストセラーに。『最終便に間に合えば』『京都まで』で直木賞受賞。『みんなの秘密』で吉川英治文学賞受賞。源氏物語を題材にした『六条御息所 源氏がたり』を執筆。

山本淳子
やまもとじゅんこ

京都学園大学教授。金沢市生まれ。『源氏物語の時代』(朝日選書)で、第29回サントリー学芸賞受賞。平安文学研究者として『源氏物語』を新しい視点で研究。

002

小学館
101
新書

誰も教えてくれなかった
『源氏物語』本当の面白さ

二〇〇八年十月六日　初版第一刷発行
二〇二三年七月二三日　第三刷発行

著者　　林真理子、山本淳子
発行者　小坂眞吾
発行所　株式会社小学館
　　　　〒101-8001 東京都千代田区一ツ橋二-三-一
　　　　電話 編集：〇三-三二三〇-五六七五
　　　　　　 販売：〇三-五二八一-三五五五
装幀　　おおうちおさむ
印刷・製本　中央精版印刷株式会社

©Mariko Hayashi Junko Yamamoto 2008
Printed in Japan ISBN978-4-09-825002-8

造本には十分注意しておりますが、印刷、製本など製造上の不備がございましたら「制作局コールセンター」(フリーダイヤル0120-336-340)にご連絡ください。
(電話受付は、土・日・祝日を除く9：30〜17：30)

本書の無断での複写(コピー)、上演、放送等の二次利用、翻案等は、著作権法上の例外を除き禁じられています。
本書の電子データ化などの無断複製は著作権法上の例外を除き禁じられています。代行業者等の第三者による本書の電子的複製も認められておりません。

R〈日本複写権センター委託出版物〉
本書の全部または一部を無断で複写(コピー)することは、著作権法上の例外を除き、著作権法違反となります。
本書からの複写を希望される場合は、事前に日本複写権センター(JRRC)の許諾を受けてください。
JRRC〈http://www.jrrc.or.jp e-mail：info@jrrc.or.jp TEL 03-3401-2382〉